제나의 오토바이오그래피

양수련 장편소설

제나의
오토바이오그래피

Jena's Autobiography

봄*

차례

주인님? 그러기엔 그 수가 너무 많았다. 제나의 '주인'은 단 한 사람이어야 했다. 고객? 거래를 하거나 비즈니스적인 관계가 아니니 그것도 어색했다. 제나는 주인도 고객도 아닌 그들을 지칭할 마땅한 단어가 떠오르지 않았다.

뭐라고 부르지? ……손님?

제나는 더 깊이 고민하지 않았다. 얼떨결에 손님을 태웠지만 제나의 드라이브는 가히 놀라웠다. 시공간을 초월하여 손님의 인생을 누빈다는 점에서. 또 이상했다. 자신이 태어난 2059년 5월 5일과 그 이후의 시공간으로는 갈 수 없다는 점에서.

제나가 서울이라는 낯선 도시에 온 지도 벌써 스무하루째다. 오늘, 제나와 함께 자신의 인생 숲에 다녀온 구순의 손님은 허리를 깊숙이 숙였다. 저러다 머리가 땅바닥에 닿는 건 아닐까. 구순 손님의 절은 위태로워 보이면서도 유연했다.

"진심으로 고맙습니다. 이 늙은이의 숨통을 뚫어 줘서."

그 순간, 제나의 메모리얼 시스템이 심하게 엉켰다. 구순 손님의 말에 관해 알려고 하면 할수록 상황이 더 안 좋아졌다.

아까부터 제나는 구순 손님이 했던 말을 떠올리며 언덕을 올라가듯 비스듬히 서 있는 소나무를 바라보고 있었다. 솔잎 끝에 이는 작은 바람일지라도 인간은 금방 느낄 테지만, 제나는 그렇지 못했다. 땅 위로 머리를 쑥 내민 잔디가 일제히 한쪽으로 쏠렸다가 다시 일어서기를 반복하는 데서, 인간의 옷자락과 긴 머리가 날리는 데서 제나는 바람이 분다는 사실을 알았다.

제나는 한동안 인간을 관찰하고 있었다. 반려견과 산책 중이던 인간은 다른 종의 개를 데리고 나온 인간에게 접근했다. "와, 너무 귀여워요." "몇 살이에요?" "어머, 쟤 좀 봐." 인간들은 자신의 반려견이 얼마나 대견하고 예쁜 짓을 많이 하는지를 두고 너스레 떨었다. 인간이 제 강아지를 "은동아" 하고 부르던 그때였다.

제나는 자신의 내부에서 공명하는 소리를 들었다.

"주, 주인님?"

제나가 소리에 답하자, 공명하던 소리가 분해되듯 흩어졌다. 제나는 자신이 어디에서 왔는지를 떠올렸다. 2059년 5월 5일, 제나는 분명 고덕시에 있었다. 기억 속에서 누군가 제나를 "당신의 또 다른 가족, 나노봇"이라고 사람들에게 소개했다. 먼저 주행에 나선 제나는 분명 그 누군가와 함께였다.

그리고 제나의 메모리가 길 안내를 위해 부팅을 시작한 순간이었다. 빛이 폭발했다. 빅뱅! 그다음은 모른다. 2059년의 고덕시를 이탈한 제나가 전혀 다른 시공간에 떨어졌다는 것만은 확실했다.

지금으로부터 스무하루 전. 제나는 서울의 내부순환로에 있었다. 물론 당시는 그곳이 어딘지 몰랐다. 어떤 미친놈이 도로 한복판에 차를 놔두고 간 거냐고, 누가 소리를 질러댔다.

나한테 하는 소린가? 그러나 제나는 비켜서지 못했다. 낯선 도로에 갇힌 채 지나가는 차들을 지켜보기만 했다. 요란한 경적을 울리며 순찰차가 나타난 건 제나가 이십여 분을 꼼짝하지 않고 있을 때였다.

경찰은 은빛의 삼륜 차량 인근에 순찰차를 세웠다. 차에서 내린 경찰 하나가 제나를 살폈다. 개조된 차량 같은데 운전대가 없다. 경찰은 이런 게 왜 여기 있냐고 불평했다.

"바빠 죽겠는데, 대체 뭐야?"

순찰차 안에서 통화하고 있던 또 한 명의 경찰이 밖으로 나왔다. 제나를 본 그는 어떤 몰상식한 인간의 짓이냐며 이맛살을 찌푸렸다.

"선배님, 근데 이거 꼭 예술작품 같지 않습니까?"

"예술작품이면 이런 데 버려두고 갔을까? 보나 마나 고물이겠지."

"선배님도 참. 설치미술이란 것도 있잖습니까. 한번 보세요! 도심 불빛에 반짝거리는 이 은빛이며 동그란 바퀴는 어떻고요. 외형이 유려한 것이 아무리 봐도 특수 제작한 차량 같은데……."

"한가하게 감탄하고 있을 시간 없어. 연락처도 없고 메모도 없고……. 당장 견인차 불러. 한밤중이라 교통량이 적어 이 정도에서 조용히 넘어가는 거지, 대낮이었으면 또 한바탕 도로가 뒤집혔겠지."

내부순환로는 우범지역이 아니다. 유흥가나 방범 사각지대라면 모를까. 차량을 개조했든 예술작품으로 만들었든 그에겐 하나도 중요하지 않았다. 오늘 같은 날에 하필, 그것도 교대할 시간이 다 되어서. 뒤늦게 순찰차에서 나온 경찰은 괜히 짜증이 났다. 그 순간 그의 핸드폰이 울렸다.

"아, 맞다. 형수님 생일이라고 하셨죠, 오늘이?"

"그것만이면 좋게? 하나밖에 없는 우리 아들 생일도 오늘이란 말이지. 집에선 빨리 들어오라고 야단인데 이건 또 뭐냐고? 에이, 진짜!"

"하하하. 견인차부터 부르겠습니다. 아니면, 선배님 먼저 들어가십시오. 뒷수습은 제가 하고 갈 테니까."

그는 그래도 될까, 하는 눈길로 후배를 쳐다보다가 고개를 내저었다.

"견인차나 어서 불러! 차가 하난데 어떻게 가냐고."

"택시가 있잖아요. 견인차 오면 그거 타고 가도 되고요."

"그럼 그럴까?"

후배의 눈치를 살피던 그는 그제야 핸드폰을 받았다. 몇 마디 주고받지도 못했는데 후배 경찰이 화들짝 놀라 그를 불렀다.

"서, 선배님!"

"거참, 통화도 못 하겠네. 이번엔 또 뭔데?"

핀잔도 잠시, 제자리에서 180도 회전하는 차량에 그의 눈이 휘둥그레졌다. 잘못 봤겠지? 눈을 비비고 또 비볐다.

"타십시오. 집까지 안전하게 모시겠습니다."

사람이 없는 차에서 난데없이 상냥한 여자 목소리가 흘러나왔다. 그리고 차 문이 열렸다. 두 경찰은 차 주변과 가로등 불빛 너머의 어둠을 휘둘렀다. 누군가 원격으로 조정하는 거겠지. 그렇다고 해도 그들은 어둠 저편을 꿰뚫어 볼 수 없었다.

"타십시오, 어서."

깃털처럼 부드러우면서도 사무적인 목소리가 다시 들려왔다. 둘은 얼빠진 얼굴로 요상한 차량과 서로를 번갈아 쳐다봤다. 영화에서나 봤을 법한 상황이었다. 선배 경찰이 열린 문 안으로 머리를 디밀었다. 사람도 운전대도 없다. 앞면의 계기판과 두 사람이 앉을 만한 공간이 전부다.

"AI 자동차인가 봅니다. 요즘 생성형 AI인가 뭔가가 사람 흉내를 내면서 주기적으로 말도 걸어오거든요. 고민이 뭐냐, 무슨 일을 하냐, 나랑 대화를 나누어 보자, 막 이러면서 사람인 양 군다니까요, 인공지능이……."

후배 경찰이 너스레를 떨었지만 그도 믿기지 않기는 마

찬가지였다. 그럼에도 차에 미친 척 말을 걸어 본다.

"이런 데 있으면 곤란합니다. 여긴 주정차 구간이 아니거든요."

"몰랐습니다. 바로 비키겠습니다."

그들은 문제 차량의 재빠른 상황 인식 능력에 또 한 번 놀랐다. 차주는 어디에 있냐고, 번호판은 왜 달지 않았냐고는 물어보지도 못했다. 입만 벌리고 있다가 이게 아닌데 하면서도 두 경찰은 말하는 차에 수신호를 보내고 있었다. 어서 비키라고.

실로 믿을 수 없는 일은 그다음에 벌어졌다. 쇳덩이 같은 차량이 그들의 면전에서 눈 깜짝할 사이에 쌩하니 사라졌다. 외계인의 비행선이 이렇게 빠를까. 그들은 감지할 수 없는 속도에 어리둥절했다.

"이, 이건, 명백히 속도위반 아닙니까?"

"내 말이……. 근데, 어떻게 잡겠냐고? 우린 눈엔 가는 게 보이지도 않고, 어디로 가 버렸는지도 모르게 증발했는데."

경찰을 뒤로 한 제나는 서행했다. 집까지 안전하게 모시겠다고 했는데 왜 타지 않지? 제나는 경찰의 행동을 이해하지 못했다. 자신이 달리는 도로는 안전하지도, 그렇다고 위험하지도 않았다.

12구역 9번지로 가던 중 아니었나? 12구역은 어디에 있지? 제나는 알지 못했다. 자신이 고덕시 12구역 9번지가 생겨나기도 전의 서울에 떨어졌다는 사실을. 제나는 12구역으로 가라는 지시를 받았다. 그뿐이었다.

빛의 빅뱅을 통과한 제나는 12구역을 찾아 이동했다. 새로운 도로에 접어들 때마다 제나의 메모리얼 시스템에 지도가 그려졌다. 제나는 12구역을 찾아 밤새 서울의 도로를 누볐다.

동이 트기 전, 제나는 어느 아파트 단지 앞에 잠시 멈춰 서 있었다. 자신에게 무슨 일이 벌어진 건지 생각 중이었다. 고층의 건물 창문마다 빅뱅의 빛이 조각조각 박힌 듯했다. 그 불빛 조각들처럼 자신도 이곳에 떨어진 것이리라.

산파 제나

　　　　　헐렁한 원피스를 입은 여자가 엉거주춤한 걸음으로 다가왔다. 불룩한 배를 안고 어금니를 악물고 일그러진 얼굴로. 간간이 여자의 신음이 터져 나왔다. 그 소리가 제나에게도 그대로 전해졌다.

　도움이 필요한 인간이다! 하지만 제나는 여자의 상황을 파악하지 못했다. 그래서 어떻게 도와야 할지 몰랐다. 여자를 도와줄 수 있는 장소를 찾아 그곳으로 여자를 데려다줘야 한다는 것은 알았다.

　제나는 자신의 메모리얼 시스템에서 정보를 빠르게 찾았다.

— 배가 앞으로만 나와 허리 라인이 살아 있는 뒷모습이면 여자아이를 낳을 확률이 높다. 배가 전체적으로 둥글고 넓다면 남자아이일 확률이 높다.

아니다. 제나는 다른 내용을 찾았다.

— 출산할 때가 되면 임신부는 주기적으로 배의 통증을 겪는다. 분만을 위해 자궁이 수축해 진통이 일어난다.

이것인 모양이다. 상황이 긴박한 만큼 뒤따라 제공된 정보는 일단 넘겨야 했지만 제나는 이미 읽어 버렸다.

— 성인이 된 남녀가 만나 가정을 이루어 아이를 낳고, 그 아이가 성장할수록 그 부모는 점차로 마음이 늙어 간다.

제나는 '마음이 늙어 간다'는 부분에서 멈칫했다. 뜻을 알 수 없는 단어에 검색 회로가 잠시 중단됐다. 아니, 중단시켰다. 출산 막바지에 이른 여자의 신음이 하늘을 찌르고 있었다. 여자가 제나를 향해 손을 뻗었다. 제나는 차 문을 열었다.

　여자는 통증을 끌어안고 힘들게 차에 올라탔다. 운전자가 없다는 것을 알아차리지도 못했다. 어스름한 새벽이었다. 날이 밝았더라도 산고의 고통에 하늘이 노래진 여자는 아무것도 보지 못하고, 어떤 소리도 듣지 못했을 것이다.

　여자의 예정일은 열흘이나 더 남아 있었다. 야간근무인 남편과는 연락이 닿지 않았다. 119라도 불러야 했는데, 핸드폰을 어디에 뒀는지 도대체 찾지를 못했다. 이러다 아이가 나오기라도 하면……. 여자는 짧아지는 진통에 무작정 밖으로 나왔다. 단지 앞까지만 가면 택시를 탈 수 있다. 구조대를 부르는 것보다 그것이 더 빠를 거라고 판단했다.

　"백화점 사거리에 있는 축복 산부인과요! 으윽! 빨리요!"

　여자는 혼미한 정신에도 '축복 산부인과'만은 강조해 말했다.

　제나의 회로가 더욱 빠르게 움직였다.

　ㅡ 임신한 여자는 40주간 아기를 뱃속에서 키우는데 임신 초기에는 입덧으로 고통을 호소하기도 한다.

　ㅡ 임신부의 진통이 5분 간격으로 가까워지면 아기가 나올 징조다.

― 산부인과. 부녀자들이 진료를 받거나 임신한 여자가
아기를 낳을 때 가는 곳.

간밤에 주행한 도로지도에서 여자가 말한 산부인과를
찾았다. 아하!

제나가 출발했다. 여자는 호흡으로 진통을 조절했다. 혀
끝을 앞니 안쪽에 붙이고 숨을 들이마시고 내뱉고를 반복
했다. 그 찰나, 여자는 불현듯 자신이 차 안에 혼자 있다는
사실을 깨달았다. 택시가 아니었던 거야? 여자는 자율주행
하는 차에 놀랄 수밖에 없었다. 운전자가 없는 차에 불안
을 느꼈다. 앞 유리 너머로 보여야 할 도로가 아득하고 희
부옇게 변해 버렸다.

거친 흉식호흡을 해대던 여자는 끝내 졸도했다. 제나는
당황하지 않았다. 병원에 전화를 걸어 출산이 임박한 임신
부가 곧 도착한다는 사실을 알렸다.

"양수요?"

처음 듣는 단어지만 당황하지 않았다. 검색해 보니 아기
가 곧 나온다는 신호였다. 여자의 몸에서 흘러나온 양수가
조금씩 제나의 몸을 적시고 있었다. 졸도했던 여자가 산고
에 눈을 번쩍 떴다. 신음과 괴성 사이를 넘나들었다. 여자

의 안간힘이 최고조에 달했다 싶은 순간, 여자가 젖 먹던 힘까지 끌어 일격을 가했다.

"……끄……응!"

여자의 다리 사이로 아이의 머리가 쑥 빠져나왔다. 이제 몸통이 나와야 하는데 기진맥진한 여자는 힘을 주지 못했다. 제나는 임신부의 안전을 위해 잠시 정차했다.

"한 번만 더 힘을 주세요!"

혼미한 여자가 "끙!" 하고 다시 힘을 줬다. 이번엔 아기의 어깨가 나왔다. 이어 몸통과 다리가 나왔다. 탯줄을 손에 쥐고 나온 아기는 우렁차게도 울어댔다.

뎅~. 뎅~. 뎅~. 종소리가 제나 안에서 메아리쳤다.

기력이 다했음에도 여자는 정신을 놓지 못했다. 용써야 하는 일이 한 번 더 남아 있었다. 아기의 탯줄을 잘라야 했다. 땀에 젖어 산발이 된 여자는 송곳니로 탯줄을 잘근잘근 씹어서 끊었다. 아기를 품에 안은 여자는 안도하며 그대로 정신을 잃었다.

의료진은 병원 앞에서 대기하고 있었다. 간호사 하나가 아기를 강보에 싸서 먼저 데려갔다. 의료진은 의식을 잃은 산모를 이동식 병상으로 옮겼다.

여자를 병원으로 이송한 것은 제나였지만 의료진의 의

견은 분분했다. 임신부가 혼자 차를 몰고 오다 출산했다는 둥, 정신을 잃은 건 병원에 도착한 다음이라는 둥, 결국은 대단한 산모라고 추켜세웠다.

차에서 홀로 출산한 산모 덕분에 제나는 사람들의 이목에서 벗어나 있었다. 여자와 아기가 병원으로 옮겨진 후에도 뎅뎅거리는 아기의 울음소리는 여전히 제나 안에 머물러 있었다. 모체로부터 분리된 아기처럼 제나는 자신도 고덕에서 빅뱅을 통해 이곳 서울에 오게 된 것이라고 판단했다.

인공지능 나노봇 제나. 그랬다. 2059년의 고덕에 있어야 할 자신이 어쩌다 과거의 서울로 오게 되었는지 설명해 줄 인간은 없었다. 그렇다면……, 자신이 고덕에서 처음이자 마지막으로 태운 그가 제나의 주인님은 아닐까. 주인님은 나를 이곳으로 보낼 생각이었나? 12구역 9번지로 가자고 하고는? 그게 아니면 주행 시스템 에러? 처음부터 불량품? 정확한 원인은 알 수 없지만 제나는 괜찮았다.

이곳에서도 얼마든지 인간을 태우고 또 도움을 줄 수 있다. 제나는 자신이 만들어진 이유를 분명히 인지했다. 인간을 위해 일하며, 인간의 보호가 우선인 인공지능 나노봇. 인간들은 자신과 같은 카봇이 아니어도 차를 얼마든지 이용했다. 소위 택시라 불리는 차량. 택시 운전자는 손님으로 불리는 여러 인간을 태우고 다녔다.

하룻밤 사이 제나는 택시를 이해했다. 겉모습은 스스로 바꿀 수 있었다. 운전석에 운전자를 앉히는 것도 가능했다. 운전자 없는 차에 놀라는 사람들을 접하고는 나노분자 접합을 활용해 인간의 외형을 갖춘 운전자를 생성했다. 다만, 많은 에너지가 사용된다는 점에서는 이곳에 왔을 때처럼 은빛의 차량으로 있는 편이 좋았다.

그랬어야 했다. 임신부를 태웠고, 인간의 아기가 제나의 보호 아래 태어났다. 제나는 몰랐다. 인간의 출산 흔적까지 자신이 흡수하게 될 줄은. 임신부가 흘린 피가 제나의 몸체로 스며든 것은 한순간이었다. 은빛 차량에 엷은 선홍빛이 스쳤다.

제나는 아직 산부인과 인근에 있었다. 대로변을 따라서 상가가 나란히 자리했다. 제나는 사람들을 구경하며 천천히 움직였다. 고덕시민임을 드러내는 바디슈트 차림은 없었다. 그것만으로도 이곳이 다른 세계라는 것은 명확했다.

과일 가게에는 잘 익은 샛노란 참외들이 진열되어 있었다. 한 남자가 한참이나 참외에 코를 대고 킁킁거리더니 흡

족한 표정으로 에코 백에 옮겨 담았다.

"나한테 조카가 생기다니. 으윽! 삼촌이 되는 건가, 이제? 감사합니다!"

시명은 하늘에 대고 외쳤다. 그러고는 자전거 바구니에 참외가 든 에코 백을 싣고 출발을 서둘렀다. 시명의 자전거와 제나가 부딪힌 것은 그야말로 찰나였다. 참외를 가까이 보기 위해 움직이던 제나는 자신이 인도로 들어섰다는 걸 인지하지 못했고, 시명은 들뜬 마음에 주변을 제대로 살피지 못했다.

시명이 순발력을 발휘해 위험천만한 상황은 모면했지만, 그의 자전거는 보도블록에 내팽개쳐졌다. 바퀴가 휘고 살이 나갔다. 무엇보다 그의 마음을 아프게 한 것은 형수에게 선물할 참외가 엉망이 되었다는 사실이다. 모양도 색깔도 예쁜, 향긋한 것들로만 고르고 골랐는데…….

"네 형수가 혼자 애를 낳았지 뭐냐. 무서웠겠지? 순찰 중이긴 해도 알았으면 진작 달려갔을 텐데……. 이럴 줄 알았으면 네 분가를 미룰 걸 그랬어."

소설가인 시명은 형네 집에 얹혀살았었다. 매일 SF소설을 연재하느라 종일 집에 틀어박혀 지냈다. 몇 달이라던 합가가 연재에 치여 의식도 하지 못한 채 길어졌다. 시명은 두문불출이 일상이라 서른 중반의 시동생과 온종일 한 집에서 지내야 하는 형수의 불편에는 무신경할 수밖에 없었다.

그래도 형수의 임신 소식은 반가웠다. 시명의 형 시훈은 임신 초기에는 절대 안정을 취해야 한다는 의사의 말을 동생의 눈치를 보며 전했다. 형이 하지 못한 뒷말을 시명은 그때야 알아차렸다. 3주 후, 형네 집에서 그리 멀지 않은 곳에 집을 얻었다.

가까운 곳에 사니 자주 들러야지, 했지만 시명은 마감에 치여 하루하루 정신이 없었다. 형수가 딸을 낳았다는 소식을 듣고서야 세상없어도 오늘만은 쉬기로 했다. 며칠째 씻지 않아 나는 냄새에 샤워를 하고 안 하던 면도도 하고 새옷을 꺼내 입고……. 시명은 꼼지락거리는 갓난아기를 볼 생각에 설레는 기분으로 집을 나섰다. 빈손으로 갈 수는 없지. 어떤 선물을 할까 고민하다 샛노란 참외를 보는 순간 입가에 미소가 번졌다.

태몽은 시명이 꿨다. 태몽인 줄도 모르고 황금빛 참외를 봤으니 로또를 사야겠다고 생각했다. 하지만 형수가 임신했다는 소식을 듣고는 관뒀다. 참외밭에서 황금빛 참외를 땄으니 아들이라고 장담했다. 제 아빠나 삼촌과는 다르게 큰돈을 만지는 사람이 되겠다는 덕담도 했다.

딸이라는 연락을 받고는 순간 멍했지만, 무슨 상관이랴. 명색이 작가이니 조카의 이름을 지어 달라는 부탁도 받았다. 이렇게 들뜬 마음으로 조카를 만나러 가는 중이었는데 형수에게 줄 황금 참외가 엉망이 됐다.

시명은 은근 부아가 났다. 깨진 참외가 다시 성해질 리 없고, 틀어진 자전거 바퀴가 도로 멀쩡해질 리 없다는 걸 알면서도 인도에 들어선 자동차에 대고 평소답지 않게 막말을 해댔다.

"여기가 어디라고 차를 디밀어, 디밀긴!"

차창이 스르륵 열렸다. 차주의 면상이나 보자는 심산에 시명은 창턱에 손을 갖다 올렸다. 마음대로 문을 닫고 도망치는 일은 하지 못할 것이다. 시명은 인상을 쓰고 차 안을 주시했다. 눈물, 콧물 쏙 빼게 혼구녕 내야 했는데……. 부아에 치민 말들이 가슴에 턱 얹히는 것을 느꼈다.

"켁켁! 컥컥! 켁켁!"

시명의 얼굴이 벌겋게 달아올랐다. 목에 걸린 무엇에 컥컥대면서도 운전자를 부릅뜬 눈으로 쳐다봤다.

"어디가 불편하십니까?"

지금 그걸 말이라고? 시명은 길가에 나뒹구는 노란 참외에 마음이 다치고, 휘어진 자전거 바퀴에 짜증이 밀려왔다. 그럼에도 불구하고 투명한 고글 안에 들어앉은 긴 속눈썹과 오똑한 콧날과 도톰한 붉은 입술이 그의 화를 누그러뜨렸다. 은빛의 쫄쫄이 유니폼인지 운동복인지 괴상한 옷을 입었지만 여자의 매력은 조금도 줄지 않았다. 그림에서 막 튀어나온 듯 턱없이 예뻤다.

"타십시오. 목적지까지 안전하게 모셔다드리겠습니다."

시명은 당황했다. 한 사람이 더 타기엔 빠듯해 보이는 좌석은 둘째 치고, 사과부터 하는 게 순서 아닌가. 그게 아니면 보험으로 처리하겠다거나 얼마면 되겠냐고 묻던가. 그럼에도 시명은 터무니없는 말을 하고야 말았다.

"고, 고맙습니다."

시명은 말간 얼굴로 자신을 바라보는 운전자가 너무나 아름다워서 다른 말은 나오지 않았다. 속으론 기가 찼다. 미치지 않고서야 이런 상황에서 어떻게 고맙다는 말을? 여자가 트렁크를 열자 시명은 최면에 걸린 사람처럼 자전거를 차에 실었다. 그러고는 길바닥에 흩어진 참외들을 빠르게 주워 담았다.

시명은 차에 올라탔다. 넋이 반쯤 나간 상황이라 비좁은 좌석에도 미소가 지어졌다. 아무리 어깨를 움츠려도 여자와 몸이 닿을 수밖에 없는 공간임을 깨달은 것은 뒤늦게였다.

시명은 두근대는 심장을 팔짱으로 억눌렀다. 그러고는 창밖에 시선을 두고 말했다.

"쭈욱 직진하다 두 블록 지나서 좌회전이요."

마음에도 없는 무뚝뚝한 말투로 말하는 와중에도 제나를 곁눈질했다. 두 블록 지나 좌회전한 다음에도 시명의 길 안내는 계속되었다. 좌회전을 세 번 하고 우회전을 한 번 하고 또 좌회전을 두 번 하고 다시 우회전하고……. 자전거를 타고 나왔다는 것만 봐도 목적지가 그리 멀지 않다는 것은 능히 짐작할 만했다.

운전석의 여자는 군말 없이 운전했다. 나한테 관심이 있나? 시명이 그런 오해를 하는 것도 모른 채 사십여 분 넘게 빙글빙글 돌고 있음에도 짜증은커녕 의심도 하지 않았다.

"여기도 갈림길인데, 어느 쪽으로 가면 됩니까?"

이번엔 제나가 물었다.

"아, 저기……, 저쪽으로요."

시명은 엉뚱한 방향을 가리켰다.

참으로 이상한 여자다. 사고를 수습할 생각도 없어 보이고, 낯선 남자를 집까지 데려다주겠다며 선뜻 차에 태웠다. 시명은 무심한 척 굴면서도 여자를 흘깃거렸다. 사심을 눈치채고도 남았어야 했다. 내릴 생각도 없이 좌회전, 우회전을 끝도 없이 반복하고 있는데, 모를 리가 있나. 아는 거겠지.

시명은 저도 모르게 입이 헤벌쭉했다. 내가 어디 사는지 알게 뭐람. 형수와 조카가 있는 병원이 코앞이지만 그냥 지나쳤다. 아무것도 모르는 여자를 상대로 몹쓸 짓을 하는 건 아닌가 싶으면서도 시명은 차에서 내릴 생각을 하지 않았다.

"집보단 자전거 수리점이 좋겠어요. 그리 가 주세요. 다음 건널목 지나 첫 번째 골목에서 우회전하면 됩니다."

언제까지 빙글빙글 돌기만 할 수는 없어 목적지를 정했다. 연락처를 달라는 말은 나중에 했다. 자전거 수리비 청구를 따로 하겠다는 의도는 아니었다.

"연락처요? 그게 뭡니까?"

제나는 정말로 몰라서 물었지만, 시명은 연락처를 알려주기 싫다는 말보다 더 큰 상처를 받았다. 어깃장은 그래서였다. 수리점은 됐다, 경찰서 먼저 가자, 교통사고니까 신고 접수를 하는 편이 좋겠다고.

"자전거 수리점, 다 와 갑니다."

말의 높낮이도 표정도 없었다.

"연락처가 뭔지 모른다고 거짓말하는 그쪽을 어떻게 믿습니까? 경찰서에 가면 알아서 처리해 주겠죠. 보험사 직원이라도 부르던가."

정면을 보고 말할 자신은 없었다. 시명은 먼 산을 보며 말했다. 왜 아무 말이 없지. 대뜸 경찰서 운운해서 겁이라도 집어먹었나? 시명은 힐끔거리며 제나의 반응을 살폈다.

어째 표정에 변화가 조금도 없다. 겁먹었다고 보기엔 영 아니올시다였다. 괜한 말을 해서 화났나? 인도로 무단 침입해 사고를 낸 건 저쪽인데, 왜 자꾸 내가 눈치를 보는 거야. 시명의 속내가 홀로 시끄러웠다.

"말씀하신 수리점에 도착했습니다."

문이 열렸지만 시명은 내리지 않았다. 제나는 침묵한 상태로 기다렸다. 경찰서로 가자고 고집 부리던 시명은 제나의 침묵에 결국 꼬리를 내렸다.

"하긴 바쁜 경찰들을 이런 사소한 일로 귀찮게 하는 것도 인간이 할 짓은 아니죠. 대화로 원만하게 해결할 수 있어야 그게 진짜 인간이지. 안 그렇습니까?"

끝까지 제나의 눈치를 살피던 시명은 에코 백에서 참외하나를 꺼내 건넸다.

"?!"

시명은 제나의 표정을 읽어 내지 못했다. 팔 아파 죽겠다고 너스레를 떤 것은 그래서였다.

"그만 쳐다보고 좀 받죠? 땅에 떨어졌던 거라서 그럽니까? 그쪽이 인도로 쳐들어오지만 않았어도 멀쩡했을 참외거든요. 자전거 수리비는 안 줘도 됩니다. 장시간 나를 태우고 다녀 준 것으로 퉁 칠게요. 제가 더 손해이긴 하지만 사람이 손해도 좀 보고 그러면서 사는 거죠."

이번에도 제나는 아무런 반응을 보이지 않았다. 그러거나 말거나 시명은 참외를 의자에 두고 내렸다. 그러고는 트렁크 밖으로 삐져나와 있는 고장 난 자전거를 툴툴거리며 꺼냈다.

그동안 제나는 '퉁 칠게요'가 무슨 뜻인지를 찾아보고 있었다. 제나는 인간을 위해 제작됐다. 인간에게 해가 되는 행위는 할 수 없다는 뜻이다.

시명이 미적거리는 이유가 그가 입은 손해 때문이라고 인지한 제나는 얼른 차에서 내렸다. 그다음 망가진 자전거 수리에 들어갔다. 틀어진 휠을 바로잡고, 바큇살을 원상복구시켰다.

"손해가 채워졌습니다."

제나는 수리한 자전거를 시명 앞에 세워 놓고 말했다.

"그쪽이…… 고친 겁니까? 지금, 이렇게나 빨리?"

멀쩡해진 자전거를 본 시명은 놀라움에 눈이 휘둥그레졌다.

사과 안 한 게 이것 때문이었나. 고칠 능력이 있어서? 시명은 제나에게 또다시 반하고 말았다. 엄지를 쌍으로 치켜세웠다. "머, 멋지네요." 하지만 목소리엔 힘이 빠져 있었다. 연락처는 주지 않겠다, 뭐 그런 의도로 자전거를 고친 것은 아닌가 싶은 생각에. 집에 데려다주겠다는 소리나 하지 말지. 내가 하는 말을 고분고분 들어 주지나 말지. 섣부르게 마음을 빼앗긴 건 자신이면서 시명은 제나가 야속하기만 했다.

손해를 복구한 제나는 더 볼 일이 없다는 듯이 곧바로 돌아섰다. 이런 걸 기대했던 게 아닌데……. 고백도 못 해 보고 차였다. 시명은 멀쩡해진 자전거를 발로 뻥, 찼다.

우당탕탕! 시끄러운 소리와 함께 자전거가 요란하게 나자빠졌다. 으악! 시명은 발톱이 빠져나갈 것 같은 고통에 운동화 코를 움켜쥐었다. 그 바람에 중심을 잃곤 보도블록에 엉덩방아를 찧었다. 그래도 제나는 돌아보지 않았다. 그나마 다행이라고 해야 하나. 바보 멍청이 같은 모습을 보이지 않아서? 시명은 이런 자신이 영 못마땅했다.

　주문한 커피는 금방 나왔다. 자리에 앉을 것도 없이 시명은 주문대 앞에서 찬 커피를 단숨에 쭈욱, 들이켰다. 뜨거운 속은 좀처럼 가라앉지 않았다. 커피잔에 든 얼음 조각을 입에 물고 오도독오도독 씹었다. 조카를 만나러 가던 길이었다는 사실은 까맣게 잊었다.

　시명은 카페 앞으로 지나가는 사람들을 멍하니 쳐다봤다.

　"이 동네 어디 살겠지. 그동안 왜 한 번도 못 봤지?"

　방구석에 박혀서 연재와 씨름하느라 집에만 있는 시명이 할 소리는 아니었다. 어쨌든, 연락처를 줄 때까지 차에서 내리지 말고 버텼어야 했다고 후회했다. 꼴에 잘 보이겠다고 허세까지 부렸으니, 참으로 한심하다. 바닐라 아이스크림 같은 여자의 얼굴이 자꾸 눈앞에 아른거렸다. 한눈에 반한 상대와의 끝이 빨라도 이렇게 빠르면 반칙 아닌가.

　"뭐어, 손해도 좀 보고 그러면서 살아? 바쁜 사람들 귀찮게 하는 게 아니야? 법 없이도 원만히 해결할 수 있어야 진짜 인간이라고? 뚫린 입이라고 멋진 말은 혼자 다했네. 이 입을 꿰맬 수도 없고……."

시명은 제 입을 쥐어박고 비틀고 혼자 야단법석이다. 그때, 카페 너머로 그 차가 보였다. 시명은 가방을 챙기는 둥 마는 둥 부리나케 카페를 나왔다. 빨간색에서 초록색으로 바뀐 신호등에 마음이 급해 있는 힘껏 자전거 페달을 밟았다.

조금만 그대로 있어 주었으면. 시명이 당도하기도 전에 차가 먼저 움직였다. 아뿔싸. 자전거의 속력을 높여 보지만 시명은 금방 뒤처졌다. 아, 조금만 빨랐어도 따라잡을 수 있었는데…….

열넷 인생의 행방

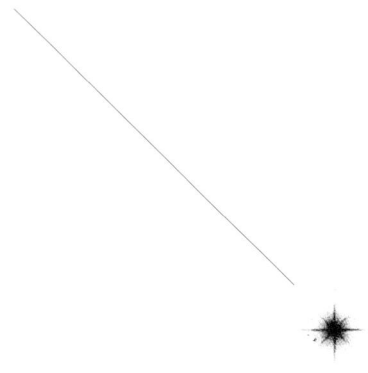

「목표물발견!세탁소골목옆아
이스크림무인매장정각열시!」

우원은 빠른 시선으로 민준의 문자를 확인했다. 긴장감
이 확 돌았다. 띄어쓰기도 하지 않고 죄 붙어 있는 글자들
이 견고한 벽돌처럼 느껴졌다. 원래도 민준은 섬세한 성격
이 아니다. 그렇다고 핵심만 잘 전달하는 능력이 있는 것도
아니었다.

우원 또래의 남자아이들은 대개가 짧고 거친 어휘를 쓴
다. 까분다! 싫거든! 네가 해! 죽을래? 이게 확! 참는다! 주
로 이런 식이다. 간단명료해서 좋기는 했다. 멋지게 보일 것

이라고 착각하지만 않는다면 말이다.

당장은 하나만 생각하자. 우원은 최대한 단순해지기로 했다. 「알았음」이라고 답하고 캡모자를 눌러쓰고 후디 주머니에 핸드폰과 양손을 함께 찔러 넣었다.

오늘 밤이 지나기 전에 두 번의 작전을 더 실행해야 했다. 첫 작전은 성공. 껑충껑충 뛰던 우원은 누가 볼까 싶어 조심히 움직였다.

지난 열흘 내내 아니, 훨씬 더 오래전부터 우원은 날 선 기분을 얼굴에 내걸고 다녔다. 저도 모르게 신경질적이 되었다. 돌기 일보 직전 상태여서 누가 건드리는 시늉만 해도 육탄 공격 태세를 취했다.

그런 우원의 속내를 훤히 꿰뚫은 민준이 말을 걸어왔다. 중학생이 되고부터 우원은 누구와도 어울리지 않았다. 매일 혼자 다녔다. 민준도 줄곧 혼자였던 것 같기는 했다. 가끔 재영이 민준의 책상 옆에 붙어 있었지만 딱히 할 얘기가 있어서는 아닌 듯했다.

우원은 민준을 소 닭 보듯이 했다. 서로 데면데면했지만 그날은 예외였다. 우원이 식판을 들고 빈자리를 찾아가던 중이었다. 설명할 수 없는 무엇이 서로를 끌어당긴 순간이라고나 할까.

민준이 밥 먹다 말고 일어나 교복 재킷을 펄럭이며 다가왔다. 단짝이라도 되는 양 우원의 식판을 대신 받아들고는 자신의 맞은편 자리에 갖다 놓았다.

우원은 급식실 바닥에 신발이 달라붙은 것 같았다. 불량기 다분한 민준이 무섭다거나 두려워서는 아니었다. 어디에 던져야 좋을지 모를 폭탄을 가슴에 품고 있어서였다. 민준은 우원의 어깨에 양손을 얹고는 자신이 맡아 둔 자리로 등을 떠밀었다. 같은 테이블에서 밥을 먹던 재영이 앉으라며 기분 나쁘게 웃었다.

민준은 우원을 의자에 앉히고 맞은편으로 가 앉았다.

"기분도 별론데, 나랑 작전 하나 하자."

앞뒤 맥락은 잘라먹은 채였다. 민준의 '작전'이 뭔지, 왜 기분이 별로인지 우원은 알고 싶지도 않았다. 우리가 언제부터 그런 사이였다고? 우원은 제멋대로 자신을 의자에 앉힌 민준을 노려봤다. 섣부른 수작일랑 집어치우지. 아마도 그런 눈빛이었을 것이다.

민준과는 같은 반이지만 말을 섞는 사이는 아니다. 눈 한 번 제대로 마주친 적도 없었다. 지난 화요일 체육 시간을 제외하면……. 여학생과 남학생이 반씩 섞인 두 팀이 피구를 하고 있었다. 상대편인 민준이 잡은 공을 던지려고 높이 쳐들던 그때였다.

우원은 자신을 정조준한 민준과 정면으로 시선이 마주쳤다. 결의에 찬 눈빛에 우원은 어서 죽이라는 심정으로 가만히 서 있었다. 시답지 않아 하는 표정 때문이었을까. 민준의 승부욕이 꺾여서였을까. 민준은 우원을 죽일 수도 있었지만, 민준의 공은 다른 아이에게로 날아갔다. 뭐 하는 거냐며 민준을 향한 반 아이들의 눈총과 비난이 쏟아졌다. 신기하게도 우원에게는 들리지 않았다. 시간이 멈춘 듯했고, 민준이 도드라져 보였다. 허리에 손을 얹은 민준은 오롯이 우원만 바라보고 있었다.

우원은 그곳에 민준과 둘만 있는 듯했다. 그것이 전부다. 그렇게 여겼다. 하지만 그날 이후로 우원은 교실에서도 운동장에서도 민준이 자신을 지켜보고 있다는 걸 알았다.

"네 기분 따위 난 관심 없거든."

우원은 눈에 힘을 잔뜩 주고 말했다. 민준은 귀엽다는 듯 피식, 웃어넘겼다. 내 기분은 네가 모르겠지만, 네 기분이 어떤지는 내가 다 알지. 그런 표정이었던 것 같다.

그랬다. 민준은 누구에게도 털어놓지 못한 우원의 마음을, 삐뚤어질 수만 있다면 만신창이가 되도록 삐뚤어지고 싶은 그 마음을 훤히 꿰고 있었다.

"넌 망만 봐. 중요한 건 우리가 할 거니까."

우원은 민준의 말에 식판을 들고 자리에서 일어섰다. 손
도 안 댄 음식을 잔반통에 쏟아붓고 급식실을 나왔다.

"무인 매장을 털 거야."

민준은 생각보다 끈질겼다. 부모가 사고 치는 꼴을 보느
니 내가 먼저 사고 치는 편이 낫다는 말을 민준이 했을 때,
우원은 자신의 뇌가 탈탈 털리는 기분이었다. 딱 세 곳만
털자는 말을, 민준은 마라탕이나 먹으러 가겠냐는 투로 했
다. 민준의 작전이란 것은 엄연한 범죄였다. 무슨 배짱으로
하겠다는 것인지, 우원은 알 수 없었다.

"니들끼리 실컷 해. 난 그런 시시한 일에 관심 없으니까."

쿵쿵거리는 심장에도 우원은 시큰둥하게 말했다.

"그럼, 네가 털든가."

민준의 작전은, 아니 우원이 합세한 그들의 범죄는 일사
천리로 진행됐다. 재영이 망을 보는 동안, 우원은 민준과 매
장에 들어가 무인 수납기를 뜯었다. 민준이 감시카메라에
얼굴을 남기지 않고 돈을 챙겨 나오는 방법까지 연구해 놓
은 터였다.

임계점을 넘어선 위험한 일탈. 묘한 쾌감이 우원의 손끝
을 타고 온몸으로 전해졌다. 셋은 다음 목표지가 정해지면

만나기로 하고 뿔뿔이 흩어졌다. 채 십 분도 안 지나서 다음 목표지가 정해졌다.

민준의 문자에 우원은 서둘렀다.

개시 오 분 전, 밤 열 시.

우원은 세탁소 골목에 있는 아이스크림 무인 매장에 도착했다. 민준과 재영은 열 시 정각이 되자 어깨동무하고 나타났다. 민준이 무언의 눈짓을 하고는 재영과 매장 안으로 들어갔다.

망을 보는 우원은 초조했다. 삼사 분이면 충분하리라. 일 분이 한 시간처럼 길었다. 양손을 주머니에 찔러 넣고는 눈동자를 좌우로 굴렸다. 주택가 어두운 골목에 주차된 차들 사이로 사람의 그림자라도 비치면 우원은 바짝 쫄았다.

"왜 이렇게 굼떠. 빨리 좀 나오지."

골목 모퉁이로 순찰차가 나타난 것은 그때였다. 우원은 당장 나오라고 소리쳤다. 민준은 수납기를 해체하느라 정신이 없었다.

"다 됐어! 금방 나간다고!"

우원은 점점 더 가까이 다가오는 순찰차와 매장 안에 있는 아이들 사이에서 전전긍긍했다.

"됐다, 가자!"

민준이 돌아서는 것을 본 우원은 자리를 떴다. 매장 앞을 지나는 순찰차에 민준이 주춤했다. 최대한 태연하게 아무 일도 없었던 것처럼 나가려다 그만 경찰과 눈이 딱 마주치고 말았다.

"야, 거기 너네, 잠깐 있어 봐."

경찰은 본능적으로 범죄의 낌새를 알아챘다. 화들짝 놀란 민준과 재영은 그대로 줄행랑을 쳤다. 그 즉시 순찰차에서 내린 경찰 둘이 아이들을 쫓아갔다.

우원은 맞은편 골목에 숨어서 발만 동동 굴렀다. 민준과 재영이 잡히면 자신도 경찰서에 잡혀가는 것은 시간문제였다. 경찰이 민준과 재영을 쫓는 동안 우원은 주택가 더 깊숙한 곳으로 숨어들었다.

그 차는 담장 없는 주택 마당에 세워져 있었다. 우원은 차 옆에 숨어 방금 도망쳐 나온 골목을 주시했다. 순찰차만 덩그러니 있었다. 애들은 잘 도망쳤을까, 걱정하며 차에 등을 기댄 것과 동시에 차 문이 열렸다. 놀란 우원은 주위를 둘러봤다. 차 주인이 어딘가에 있을 것이다. 하지만 아무리 기다려도 주인은 나타나지 않았다. 혹시, 차 안에서 자나 싶어 열린 문틈으로 들여다봤다.

"이놈들이 멀쩡한 남의 가게를 털어? 몇 명이야? 조사하면 다 나와!"

경찰의 큰 소리에 우원은 움찔했다.

"아, 이거 놔요!"

민준의 목소리가 우원이 있는 골목까지 들려왔다. 경찰이 금방이라도 자신의 뒷덜미를 낚아챌 것 같았다. 우원은 차에 숨어 슬그머니 고개를 빼고 상황을 지켜봤다. 경찰이 두 사람을 차에 태웠다. 운전석 문을 연 경찰은 차에 타지 않고 우원이 숨어 있는 골목을 살피듯 돌아봤다.

심장이 콩알만큼 작아진 우원은 차 안에 납작 엎드렸다. 이대로 들키면 끝장이다. 더 심장 떨리는 일은 그다음에 벌어졌다. 차에 시동이 걸렸다. 분명 아무도 없는데! 우원은 자동으로 작동되는 차에 등골이 오싹했다.

귀신들린 차 같았다. 서둘러 나가려고 했으나, 문은 이미 굳게 닫힌 상태였다. 우원은 꼼짝 않는 문을 붙잡고 울먹였다.

"제발, 열려라. 왜 안 열리는 거야."

그때였다.

"어디로 모실까요, 손님?"

우원은 기함했다. 혀가 꼬여 말이 제대로 나오지 않는다.

"누……, 누구세요?"

"당신을 위한 제나."

"네?"

차가 말을 하다니! 접착제라도 발라 놨는지 엉덩이가 의자에서 떨어지지 않았다. 차 문을 어떻게 열어야 하는지도 알 수 없었다. 우원은 저도 모르게 눈물이 핑 돌았다. 무섭고 두려웠다.

"잘못했어요. 내려 주세요, 네? 제발요."

"괜찮겠어요? 경찰이 저기 있는데……."

그랬다. 우원에겐 숨을 곳이 필요했다. 차 문은 열렸지만 이러지도 저러지도 못했다. 민준과 재영을 태운 순찰차가 아직 무인 매장 앞에 있고, 경찰 하나가 현장을 살피고 있었다.

우원은 친구들이 잡혀가는 것을 조용히 지켜볼 수밖에 없었다. 조금 전, 해서는 안 될 짓을 했다. 그렇다고 후회나 반성은 아니었다. 우원은 이게 다 엄마와 아빠 때문이라고, 그들을 탓했다.

언제부터인가 집에 들어가면 초대받지 않은 손님처럼 서먹서먹했다. 직장을 다니는 것도 아닌데 엄마는 집을 비우는 날이 더 많았다. 마트에 갔다거나 친구를 만나러 간 것이라면 얼마든지 이해할 수 있었다.

엄마는 아침 식사를 차려 놓고 일찌감치 집을 나섰다. 아빠는 밥상이 엄마인 양 화를 내고 출근했다. 우원은 식탁에 홀로 앉아 꾸역꾸역 밥을 먹었다. 자신도 먹지 않으면 죽은 집이 될 것 같아서였다. 더는 음식 냄새도 나지 않고 엄마의 잔소리도 사라진 집.

혼자 먹는 아침은 조용하지 않았다. 속이 시끄럽고 소화도 되지 않았다. 식욕이 낡은 티셔츠의 목처럼 늘어져 갔다. "그래, 다 관두자. 너도, 나도." 엄마의 그 말을 끝으로 화목한 집은 사라졌다.

우원은 경찰서에 있는 편이 더 나을지 모른다고 생각했다. 곧 엄마에게 연락이 갈 것이다. 당신 딸이 친구들과 무인 매장을 털었습니다. 깜짝 놀라겠지? 경찰서로 뛰어올까. 나쁜 짓을 했으니 벌을 받아야 한다고 할까. 엄마 인생에 전혀 도움되지 않는 딸이라고 내버려둘까.

"집까지 안전하게 모시겠습니다."

제나가 우원의 상념을 깨듯 말했다.

"집이라고요? 싫어. 안 가."

우원은 단호했다. 저도 모르게 눈물이 흘렀다.

"그럼, 친구들이 타고 있는 경찰차를 따라갈까요?"

"내가 하자고 그런 거 아니에요! 그 자식이 날 꾀어낸 거라고요!"

우원은 나오는 대로 아무 말이나 주워섬겼다. 이런 일을 저질러 놓고 아무렇지 않게 집에 갈 순 없었다. 경찰서로 갈 용기는 더더욱 없었다. 경찰의 연락을 받고도 집에서 아무도 오지 않으면, 그땐 정말 어떡하지? 벌써 세상에 홀로 버려진 기분이었다.

"가요."

우원이 풀 죽은 목소리로 말했다.

"어디로 갈까요?"

"어디든 가고 싶은 곳으로 가세요. 경찰서로 간다고 해도 상관 안 해요."

"진심이에요? 인간에겐 기회라는 게 있다던데……."

"늦었어요, 이미. 난 범죄를 저질렀고, 엄마는 내가 어떻게 되든지 상관하지 않을 테니까."

"안 됐네요."

우원은 핸드폰을 쳐다봤다. 벌써 열한 시가 가까워지고 있었다. 중학생 딸이 이 시각까지 집에 들어오지 않는데도 집에선 전화 한 통이 없다. 우원은 외롭고 서럽고 또 억울했다.

제나는 눈물을 삭이는 손님에게 제안했다.

"웃음과 행복이 있는 곳으로 갈까요?"

우원에게 그런 곳은 없었다. 하지만 말하는 자동차와 있는 건 왠지 모르게 위로가 됐다. 아까보다 무서운 마음도 덜했다. 무인 매장이 있으니 무인 택시도 있겠거니 했다. 어디로 가는지는 묻지 않았다. 집만 아니면 된다.

"그럼, 출발합니다. 안전벨트 단단히 매고⋯⋯."

"순찰차가 우리를 따라올 거예요. 운전자 없는 차를 누가 그냥 두겠어요. 이번에야말로 꼼짝없이 잡혀가겠지."

"운전자가 필요하다? 그런 거라면야."

우원은 팔짱을 단단히 끼고 앉아 창밖을 보고 있었다. 그런데 창에 사람의 모습이 비쳤다. 우원은 쫄리는 심장으로 천천히 고개를 돌렸다. 운전자가 우원의 옆, 운전석에 있었다. 분홍빛이 감도는 바디슈트를 입고서.

"⋯⋯누구세요?"

"제나요. 아까 알려드렸잖아요."

"허걱!"

우원은 말문이 막혔다. 차가 말을 하는 것도 모자라 이젠 없던 사람이 별안간 나타나 자신을 깜짝 놀라게 했다.

제나는 우원이 겁먹지 않도록 연습해 둔 인간의 미소를 지어 보였다. 그러고는 순찰차가 막 빠져나간 골목을 통과

해 대로변으로 나왔다. 신호등에 걸린 제나가 잠시 정차해 있는 사이, 우원은 한껏 몸을 낮췄다. 민준과 재영을 태운 순찰차가 바로 옆에 있어서였다.

제나의 질주에 순찰차가 뒤로 밀리는 것은 한순간이었다. 도로 옆으로 늘어선 고층 빌딩들이 빠르게 휙휙 사라져 갔다. 터널은 난데없이 나타났다. 우원은 어리둥절했다. 납치라도 하려는 건가.

우원은 제나의 행동이 수상쩍긴 했지만 곧 체념했다. 무서운 생각이 들지도 않았다. 캄캄한 터널에 들어서고 나니 졸음이 쏟아질 정도였다. 될 대로 되라지. 눈동자가 까무룩 넘어가 깜빡 잠들었나 싶은데.

"도착했습니다."

제나의 목소리에 우원은 게슴츠레 눈을 떴다. 밖이 훤했다. 밤새 달린 건가. 여긴 어디지. 그런 생각을 하는데 차 문이 열렸다. 우원은 고개만 내밀고 밖을 확인했다. 우원의 집도 아니고, 경찰서 앞도 아니었다.

"내리라고요? 여기가 어딘데요?"

"그건, 손님이 더 잘 아시겠죠? 손님이 원하던 바로 그곳이니까."

내가 원하던 곳이라고? 어디가 됐든 우원은 내려야 했

다. 요금을 내야 할 텐데 가진 돈은 2만 원이 전부였다. 밤새 차를 탔다면 어림도 없는 돈이다. 무인 매장을 턴 돈이 가방에 있기는 했지만 자신의 돈이 아니니 마음대로 쓸 수도 없었다. 일단, 2만 원을 주자. 더 달라고 하면 훔친 돈을 쓸지 말지 그때 생각하기로 했다.

우원은 요금이 얼마나 나왔냐고 물었다.

"요금은 없습니다, 손님. 이따 시간에 맞춰 다시 데리러 오겠습니다. 그럼, 해브 어 굿 타임!"

우원은 얼떨결에 차에서 내렸다. 차에 탈 때는 몰랐다. 어둡기도 했고 살필 정신도 없었다. 우원은 자신이 탔던 차 어디에도 '택시' 표시가 없다는 것을 그제야 확인했다.

제나에 탑승한 이들은 원하거나 원하지 않거나 의외의 경험을 했다. 제나가 서울의 내부순환로에 떨어진 지 일주일째가 되던 날에 알았다. 이런 일이 어떻게, 왜 일어나는 건지는 설명할 길이 없었다. 하긴 자신도 2059년의 고덕에서 왔으니까. 게다가 제나에게 2025년의 도로 대신 수많은 인물 정보가 담겨 있다는 것도 이상했다. 제나에게 필요한 게 아니었기에. 다만, 추측했다. 카봇의 기본값인 내비게이션 대신 인물 정보 데이터가 과대하게 잘못 들어가 이런 일이 발생하게 된 것이라고.

어떤 순간에도 인간을 우선으로 챙겨야 하는 제나였다. 그렇다고 제 안에 축적된 인간 하나하나를 모두 섬기도록 만들어진 것도 아닐 터였다. 제나의 주인님은 단 한 명이어야 했으니까. 그런 제나가 손님의 인생 속으로 타임루프하게 된 데에는 기본적으로 제나가 인간만을 따르고 섬기도록 프로그래밍된 점이 작용하지 않았을까.

어쨌거나 제나는 오늘도 손님의 인생 속으로 타임루프를 했다. 손님의 무의식이 가고 싶어 하는 그 시공간으로.

✖

건물 입구에 '박우원 아기의 첫돌을 축하합니다'라고 쓴 플래카드가 걸려 있었다. 공교롭게도 자신과 같은 이름을 가진 아기의 돌잔치가 이곳에서 있는 모양이었다.

우원은 이곳이 낯선 듯 낯익었다. 그런 생각을 하고 있는데 차 한 대가 우원의 곁으로 와 멈춰 서더니 한 남자가 내렸다. 우원은 깜짝 놀랐다. 한복을 멋지게 차려입은 남자는 다름 아닌 아빠였다. 하마터면 뛰어가 안길 뻔했다. 싱글벙글 웃음 가득한 아빠의 뒤를 이어 아기를 안은 엄마가 내리지 않았다면.

엄마와 아빠의 얼굴엔 웃음이 만발했다. 우원은 플래카드에 적힌 날짜가 자신의 생일이라는 것을 뒤늦게 알아차렸다. 꿈인가? 간밤의 일만큼이나 비현실적이었다. 깨고 싶어도 깰 수 없는 꿈. 찰싹! 우원은 자신의 뺨을 쳐 봤다. 하지만 한복을 입은 엄마와 아빠는 사라지지 않았다. 우원 앞에 보란 듯이 있었다.

"엄마? 아빠?"

우원은 입술만 달싹거렸다. 엄마와 잠시 잠깐 눈이 마주쳤지만 딸을 알아보지 못했다. 두 사람은 아기한테 온 신경이 다 가 있었다. 하트가 뿅뿅 튀어나오는 눈으로 아기를 대했다.

"소품은 다 준비됐대?"

"첫돌 연회 전문이라니까 돌잡이 소품은 기본으로 있겠지."

"스케이트는?"

"그건 내가 따로 부탁했지. 근데 당신, 너무 헛물켜는 거 아냐? 우리 우원이 생각도 들어 봐야지. 그렇지, 우원아."

"내 딸은 빙판의 요정이 될 거야. 김연아 다음가는 피겨 여제가 될지도 모르지."

"김연아 같은 선수가 그리 쉽게 나올까. 백 년에 한 번 나올까 말까 라던데……."

"당신이야말로 우리 딸 재능을 벌써부터 무시하는 거 아냐?"

"그럴 리가. 우원아, 아빠는 우리 딸 믿는다. 엄마 소원 때문에라도 돈 많이 벌어야겠다."

"약속했어, 당신?"

"아이쿠, 손님들 기다리겠다. 어서 들어가자고."

우원은 티격태격하며 건물로 들어가는 두 사람을 멍한 눈길로 지켜봤다. 하나둘 아는 얼굴들이 모습을 드러냈다. 양가 친척들과 우원도 한 번은 본 적 있는 엄마와 아빠의 친구들이었다.

연회장은 예전에 살던 집 근처였다. 덕분에 우원은 기억이 줄줄이 떠올랐다. 여기서 두 블록쯤 떨어진 곳에 자신이 다닌 초등학교가 있다는 것도. 초등학교 이 학년 겨울 방학 때 스케이트장 가까운 곳으로 전학했지만 말이다. 아빠는 우원, 아니 엄마를 위해 스케이트장 가까운 곳으로 근무지를 옮겼다. 엄마는 우원이 더 많은 시간을 스케이트장에서 보낼 수 있게 되었다며 좋아했다. 우원은 행복해하는 엄마를 보며 고된 훈련을 견뎠다.

"엄마한테 다 생각이 있어."

어떤 생각인지는 물어보지 않았다. 빙판을 누비는 건 나쁘지 않았다. 죽을 만큼 힘든 순간도 있었고 즐거웠던 날도 있었으며 가끔은 형언할 수 없는 쾌감도 맛봤다. 미래를 생각하기에 아홉 살은 어렸다. 엄마는 딸의 재능을 발굴하고 역량을 키워 줄 안목 있는 코치를 찾아다녔다. 세계적인 피겨 스케이팅 선수 박우원을 만들기 위해 누구보다 열정적이었다.

하지만 중학생이 된 우원은 더 이상 스케이트를 타지 않았다. 그때부터였을까. 엄마와 멀어지고 있다고 느끼게 된 게. 모녀 사이에 오가던 대화가 확 줄었다. 스케이트를 빼고 나니 함께 나눌 얘기가 없었다.

우원은 아직 연회장 건물 앞에 있었다. 떼로 몰려온 손님들에 떠밀려 연회장 안으로 들어가기 전까지. 헬륨가스가 든 형형색색의 풍선이 공중을 떠다녔고, 가을에나 볼 수 있는 은방울꽃이 우원의 돌 사진과 함께 한쪽 테이블에 전시되어 있었다.

앨범에서 봤던 사진들을 이렇게 다시 보게 될 줄은 몰랐다.

"저기 빈자리로 가서 앉으렴."

우원은 엄마의 목소리에 천천히 뒤돌았다. 엄마는 고개를 갸우뚱하더니 누군가를 찾듯 주위를 둘러봤다.

"누구니, 넌? ……누구랑 왔어?"

"……"

입에 접착제가 발린 듯 떨어지지 않았다. 마침 연회장 안쪽에서 아빠가 엄마를 찾았다. 금방 간다고 하곤, 엄마는 우원의 어깨에 손을 얹고 미래의 딸을 알 듯 말 듯 빤히 쳐다봤다. 모를 것이다. 이제 겨우 한 살이 된 딸 박우원의 생일이지 않은가. 눈앞의 아이가 중학생이 된 딸 박우원이라는 사실을 어떻게 상상이나 하겠는가.

"맛있는 거 많이 먹고 가렴."

엄마가 웃는 얼굴로 말했다.

"두근두근! 두근! 다들 주목해 주십시오! 오늘의 하이라이트 시간입니다. 박우원 아기의 미래를 알아보는 운명의 시간! 엄마의 소원을 이뤄 줄 것인가, 아니면 아빠가 바라는 미래를 손에 넣을 것인가. 우리의 주인공 우원이는 엄마와 아빠 중 과연 누구의 손을 들어줄까요? 개봉박두!"

사회를 맡은 외삼촌이 긴박감을 고조시켰다.

우원이 열네 살이 되는 동안 외삼촌은 두 번의 이별을

경험했고, 삼 년 전 세 번째 연애를 시작했다. 할머니는 제발 헤어지지 말고 이번에는 결혼해서 옆에 꼭 붙들라고 신신당부했다. 삼촌은 그때마다 참견이 너무 많아서 될 일도 안 되겠다고 엄살을 떨었다. 삼촌의 여자친구는 삼촌을 좋아하면서도 함께할 미래에 대해서는 신뢰하지 못하는 듯했다. 이번 연애도 결혼과는 거리가 멀어 보였다.

삼촌의 직업은 배우지만 집안사람 누구도 알아주지 않았다. 삼촌의 여자친구가 결혼을 원치 않는 것도 그것 때문 아닐까. 하지만 우원은 삼촌의 꿈을 응원했다. 언젠가는 모든 사람이 믿고 보는 국민배우 서대환이 될 것이라고 말이다.

사회자로서의 삼촌도 매력이 넘쳤다. 재치 있고, 분위기 파악도 잘했다. 사람들의 마음을 쥐락펴락했다. 지금도 삼촌의 현란한 말솜씨에 돌잡이 진행이 자꾸 삼천포로 빠졌지만 사람들은 배꼽을 쥐고 웃기 바쁘다.

"거참! 겁나 뜸 들이네. 명 짧은 사람은 숨넘어가겠어. 빨리 진행이나 혀. 우원이 재롱 보러 왔지, 네놈 재롱 보러 온 줄 알어."

성격 급한 외할머니의 말에 연회장이 또 한바탕 뒤집어졌다. 가족들과 손님들은 이제 그만 주인공이 무대로 나오길 원했다. 하지만 중학생 우원은 삼촌의 원맨쇼를 좀 더 보고 싶었다.

"우리 어머니, 손녀 미래가 몹시 궁금하신가 봅니다. 저도 쬐금, 아니 몹시 궁금하긴 합니다만……. 저기요, 사장님? 여기, 우리 공주마마 돌잡이 상, 대령 부탁드립니다아."

삼촌의 말이 떨어지자마자 직원 두 명이 무대로 소품을 가져왔다. 교자상에 명주 실타래와 오곡과 비행기 모형과 청진기와 판사 봉과 피아노 모형과 지폐가 차례로 놓였다. 마지막으로 스케이트가 올라왔을 때, 사람들의 야유가 여기저기서 터져 나왔다.

"불쌍한 우리 우원이. 효녀 노릇 하려면 깨나 힘들겠네. 하하하."

누군가 중요한 것이 빠졌다며 만년필을 상에 올렸다. 그러자 파란색 투피스를 입은 여자가 나섰다.

"요즘 직업이 얼마나 다양한데, 옛날과는 다른 세상이라고요. 겨우 요 몇 가지 놓고 선택을 강요하는 건 고문이지. 그래서 난 이거 추가요! 우리 우원이가 조향사가 되고 싶을지도 모르잖아. 하하하."

여자가 향수를 올려놓고 돌아서니, 이번엔 외할머니가 "이러믄, 나도 빠질 수 없응게" 하며 붉은 루비가 박힌 반지를 손에서 빼 상에 올렸다. 인천공항에서 막 도착했다는 고모는 여권을, 컴퓨터 프로그래머라는 아빠의 죽마고우는 마우스를 꺼냈다.

"아이고, 이게 다 뭣이다냐. 그만! 이렇게 가다간 여기 온 손님들의 직업 알림판이 되겠습니다. 접수 종료!"

사회를 보는 삼촌은 손님들의 행동을 만류했다. 그래 놓고는 마지막으로 "하나만 더!"라며 들고 있던 마이크를 돌상에 두었다.

"자, 이제 다들 집중! 오늘의 주인공 박우원 아기의 미래를 점치는 본격적인 레이스가 시작되겠습니다. 두~둥!"

삼촌은 아빠의 품에 안겨 있던 우원을 돌잡이 상과 일 미터쯤 떨어진 곳에 세웠다. 그러곤 조카의 관심을 끌며 돌잡이 상을 가리켰다.

"우원아, 저거 보이지? 가서 마음에 드는 걸 잡으면 되는 거야. 우리 우원이 잘할 수 있지? 자~아, 파이팅!"

돌잡이 상은 온갖 물건으로 가득했다. 자신의 돌잔치를 보는 우원도 자신이 무엇을 집었을지 궁금했다. 초등학생 때까지 스케이트를 탔고, 걷기 시작하면서부터 스케이트를 갖고 놀았다고 했으니 스케이트가 아닐까.

우원은 돌잡이 상을 향해 아장아장 걸어가는 자신을 지

켜봤다. 이게 뭐라고 숨까지 죽이면서. 허리에 돌띠를 두른 알록달록한 색동저고리에 조바위를 쓰고 당혜를 신은 아기는 살아 움직이는 인형처럼 귀여웠다. 뒤뚱뒤뚱 넘어질 듯 넘어지지 않고 상 가까이 다가왔다. 지켜보는 이들의 설레발과 엄마의 입김도 점점 거세졌다.

고사리 같은 손을 돌잡이 상에 올려놓은 우원은 걷느라 힘들었는지 숨을 쌕쌕거렸다. 앵두 같은 작은 입술로 옹알이를 하곤 소품 하나에 손을 얹었다.

구경꾼들의 입방아가 터져 나왔다. 사람들의 반응에 놀란 우원이 교자상 가장자리를 따라 걸음을 옮겼다. 물건을 잡을 듯 말 듯하면서.

"애가 어른을 갖고 노네. 꼭 네 삼촌 닮았다. 아니, 그거 말고 그 옆에, 옆에 거."

"우리 집안에 의사 한 명쯤 있는 것도 좋은데."

"K−콘텐츠가 대세란다, 우원아. 글로벌하게 가자."

"뭐가 되든 아빠는 다 좋다. 나쁜 길로만 안 가면 된다. 우원아, 거기, 앞에 있는 그, 그거. 판사 봉 아니, 망치 좀 아빠한테 가져다줄래?"

"아니, 이것들이! 애 정신 사납게 뭣들 하는 거여. 조용히 들 못 혀!"

외할머니의 호통에 장내가 일순 조용해졌다. 우원은 상에 올라온 물건을 하나씩 모두 만져 보고는 바닥에 털썩 주저앉았다. 무슨 흥이 났는지 사람들을 쳐다보며 엉덩이를 들썩였다. 고사리손으로 박수를 쳐대며 까르륵까르륵 웃었다.

"그래, 우리 우원이가 최고다!"

삼촌은 우원의 박수를 따라 했다. 엄마는 아무것도 잡지 않은 우원의 품에 잽싸게 스케이트를 안겼다. 당장 외할머니의 일갈이 날아왔다.

"평양 감사도 지 싫으면 그만인겨. 자식새끼 데리고 지 욕심 채우는 거 아녀."

이래도 웃고 저래도 웃는 상황이 이어졌다. 코끝이 찡하고 눈물이 나는 건 자신의 돌잔치에 온 우원뿐이었다. 이토록 행복한 가족이었는데……. 우원은 상에 올라온 돌잡이 소품들을 하나씩 눈으로 확인했다.

아빠가 가져다 달라던 판사 봉은 처음부터 아기 우원의 손이 닿을 수 없는 곳에 있었다. 뭐에 씐 건지 중학생 우원이 판사 봉으로 손을 가져가던 때였다. 엄마와 또 눈이 마주쳤지만 판사 봉을 낚아채듯 집어 들었다. 엄마 마음대로 스케이트를 안긴 것에 대한 반감이었을까, 아니면 아빠의 부탁을 들어주기 위해서였을까. 우원은 판사 봉을 들고 연회장을 빠져나왔다.

아빠가 쫓아 나오리라고는 생각지 못했다.

"잠깐만! 그거 내가 그냥 너 줄게. 도망가지 않아도 된다는 말이야. 우리 우원이는 관심이 없나 보다. 하하하. 그런데 우리, 혹시, 언제 만난 적 있니? 그 모자 좀 벗어 볼래?"

도망치듯 나온 우원은 도로 앞에서 멈춰 섰다. 대답 대신 고개를 외로 돌렸다.

"그래, 알았다. 불편하면 안 벗어도 돼. 근데, 넌 뭘 좋아하니?"

뜬금없는 질문이었다. 뭘 좋아하냐니. 자기 딸 물건을 가져간 도둑에게 할 말은 아닌 듯했다. 하지만 아빠의 물음이 다정해서 우원은 괜스레 감정이 올라왔다. 눈물이 찔끔 났다. 반쯤 모자에 가려진 얼굴이라 아빠는 볼 수 없겠지만 우원은 눈물을 들키고 싶지 않았다. 아빠가 더는 다가오지 않았으면 했다. 우원은 뒷걸음질 쳤다.

"위험해!"

아빠의 외침보다 우원의 뒷걸음이 조금 더 앞섰다. 사고는 한순간이었다. 차에 부딪힌 우원의 몸이 허공에 붕 떴다. 후디의 모자도, 그 안의 캡모자도 벗겨졌다. 긴 머리가 쏟아져 나와 우원의 작은 얼굴을 휘감았다.

시간이 멈춘 듯했다. 공중에 뜬 우원은 보았다. 자신을 향한 아빠의 당혹스러운 눈빛을……. 아빠, 엄마랑 이혼하지 마. 그 말은 소리가 되지 못했다. '박우원 아기의 첫돌을 축하합니다!' 플래카드가 바람에 펄럭였고, 아빠의 검은 눈동자는 터널이 뚫린 듯했다. 칠흑 같은 어둠 안으로 우원은 이끌렸다. 잊고 있었던 기억이 빛처럼 어둠을 뚫고 나왔다.

초등학교 오 학년 여름방학 때였다. 우원은 후진하던 차 바퀴에 발이 끼였다. 감각이 마비된 듯 이상하게 발이 아프지 않았다. 하지만 발걸음을 떼려다 아스팔트 바닥에 쿵, 주저앉았다. 외마디 비명과 함께.

가까이 있던 아빠가 뛰어왔다. 차에서 내린 엄마는 어이가 없다는 얼굴로 화부터 냈다. 조심성 없게 발을 왜 거기 뒀냐고. 으깨진 발가락보다 엄마의 말이 더 아팠다. "스케이트는 이제 다 탔다." 우원은 그때도 눈물이 찔끔 났다. 화난 엄마는 무섭지 않고 가여웠다. 그토록 바라던 엄마의 꿈이 한순간에 좌절된 순간이었다.

"스케이트 말고 좋아하는 게 있니?"

의사가 물었다. 발에 깁스한 우원은 엄마의 시선을 피해 손톱의 거스러미를 뜯었다.

"괜찮아. 이 세상엔 스케이트 타는 것 말고도 재밌는 게 많으니까. 네 나이 때엔 특히나."

의사의 말을 들은 엄마는 절망했다. 엄마의 거친 손이 우원의 손을 입에서 떼 냈다. 피가 나서라고 했지만, 우원은 직감했다. 엄마의 얼굴에 낀 먹구름이 불러올 불길한 미래를. 그리고 그 먹구름이 행복했던 가족의 일상을 한순간에 삼켜 버렸다.

우원은 금방 스케이트 없는 일상에 적응했다.

"넌 뭐가 그렇게 맨날 좋아? 스케이트를 탈 수 없게 됐는데……. 스케이트가 좋다고, 꼭 피겨 선수가 되고 싶다고 엄마한테 했던 말은 전부 다 거짓말이었어?"

엄마는 우원이 했던 말들을 꺼내 트집 잡았다. 발가락이 으스러지기 전까지는 당연히 진심이었다. 우원의 미래에 기대서라도 엄마는 행복해야 하는 사람이었으니까. 우원이 스케이트를 탈 수 없게 되자, 엄마의 부푼 꿈과 열정도 물거품이 됐다.

교자상에 올라왔던 그 많은 소품만큼이나 우원은 얼마든지 다른 길을 선택할 수 있었다. 엄마는 아니었다. 그래도 잘 지내는 우원을 격려해야 마땅했다. 엄마니까.

우원은 기다렸다. 엄마가 피겨에 대한 집착에서 벗어나

다른 꿈을 갖게 되기를. 일 년이 지나고, 또 일 년이 지나고……. 엄마의 우울함은 오래갔다. 우원은 서서히 지쳐 갔다. 엄마가 있는 집에선 웃는 것도 눈치가 보였다.

아빠의 눈동자에 생긴 어두운 터널은 광활했다. 우원은 그 안에서 생각했다. 우리 가족의 불행은 엄마로부터 시작되어서 결국 오늘의 교통사고로 끝났다고…….

✕

"돌잔치는 어땠어요?"

제나의 목소리에 우원은 감고 있던 눈을 떴다. 분명 차에 부딪혔는데, 다친 곳도 없이 멀쩡했다. 이상한 일이 연달아 일어나고 있었다.

"어떻게 살아 있지? 차에 부딪혀 몸이 붕 떴었는데……."

그다음은 말하지 않아도 명확했다. 도로에 떨어져 머리가 깨지든 팔다리가 부러지든 해야 했다. 이건 꿈이야. 그렇지 않고서야 지금까지의 일을 설명할 도리가 없었다. 하지만 자신을 태운 차는 진짜였다.

"정체가 뭐예요?"

심드렁했던 모습은 사라지고 우원은 진지하게 물었다.

"미래에서 온 인공지능 나노봇이라면 이해할 수 있어요?"

그 말에 우원이 잠시 생각에 잠겼다가 다시 물었다.

"여기에 왜 왔어요?"

"여기? 박우원 아기의 돌잔치요? 제나가 왜 미래에서 과거로 왔냐는 질문이라면 답해 줄 수 없어요."

"왜요?"

"제나도 모르니까. 하지만 제나가 인간을 위해 존재한다는 것은 분명해요. 주인님, 아니 손님의 행복을 위한 제나의 타임루프 서비스라고 여겨 주세요."

타임루프가 손님의 인생에 어떤 도움이 되는지 제나가 확인할 길은 없었다. 그것은 제나의 능력에 해당되는 것이 아니었다. 다만 빅뱅을 통과했던 그날부터 제나는 스스로를 탐구하고 답을 구하는 중이다. 사람들의 인생 숲 어딘가를 찾아가는 타임루프 또한 탐구 중이었다.

"그렇군요."

제나의 솔직한 답에 우원은 다는 아니어도 어느 정도는 수긍했다. 이번에는 우원이 답할 차례였다.

"행복해 보였어요. 아빠도, 엄마도."

"지금은 아니라는 겁니까?"

"……."

온 가족이 단란하던 때로 돌아갈 수만 있다면……. 불가능한 일이다. 우원이 더는 피겨 선수를 꿈꿀 수 없게 된 것처럼. 그래도 감정에 휘말려 도둑이 되지는 않았어야 했다. 가족이 헤어지게 되더라도 말이다.

바람에 나부끼던 플래카드와 뭘 좋아하냐고 묻던 아빠는 사라졌다. 하지만 연회장에서 가지고 나온 판사 봉은 우원의 손에 있었다. 우원은 다른 사람은 절대 볼 수 없는, 자신이 주인공인 영화를 홀로 찍고 온 기분이었다.

"차라리 경찰서로 갔다면, 마음이 이렇게 복잡하진 않았을 텐데."

"조언이 필요한가요? 인간에게 조언할 위치는 아니지만, 듣고 싶다면 한마디 정도는 해 줄 수 있어요."

"……듣고 싶어요."

"어른이라고 다 잘할 수 있는 게 아닙니다. 오히려 그 반대죠. 어른도 손님처럼 방황도 하고, 뭘 어떻게 해야 할지 모르기도 하고, 그래서 또 안 좋은 선택을 하기도 합니다."

"그럼, 난 어떡해요? 엄마랑 아빠한테 버려지면……."

엄마는 우원의 심정이 어떤지 전혀 신경 쓰지 않았다. 이럴 거면 왜 낳았을까. 그저 엄마의 꿈을 위한 소모품이었을까. 우원의 눈에 눈물방울이 또 맺혔다.

"그거 알아요? 부모가 길을 잃으면 그 집 아이는 일찍 어른이 된답니다. 상황은 아이를 어른으로 만들기도 하고, 어른을 아이로 만들기도 합니다. 하지만 누군가를 탓하기 시작하면 어떤 일도 해결되지 않습니다. 자신과 마주할 기회를 영영 놓쳐 버리기도 하고요. 아직도 부모가 원망스러운가요?"

"……모르겠어요, 뭐가 뭔지."

집 앞에 도착해도 우원은 차에서 내리지 못했다. 지금쯤이면 경찰서에서 집으로 연락하고도 남았을 시간이다. 민준과 재영이 공범의 존재를 발설하지 않았대도 자정이 넘어서까지 집에 들어오지 않는 딸에게 전화 한 통은 해야 하는 거 아닌가. 어디서 뭘 하고 있길래 여태 안 들어오는 거냐고, 야단이라도 쳐야 했다.

우원은 판사 봉만 들여다보고 있었다.

"집에 안 들어갈 겁니까?"

"내려요, 내린다고요!"

말은 그렇게 하면서도 우원은 꼼짝하지 않았다. 집에 들어가고 싶지 않다. 아직 고맙다는 말을 못 했다. 나중에 요금을 달라고 찾아오는 건 아니냐. 우원은 괜한 말들을 늘어놓으며 시간을 지체했다.

"집이 내키지 않으면 경찰서로 데려다줄까요?"

"……."

"제나가 할 수 있는 건 여기까지입니다. 모든 선택은 손님이 합니다. 앞으로 어떻게 살지도 전적으로 손님 마음에 달렸습니다."

"제멋대로 과거로 데려갈 땐 언제고 지금은 내려라 마라야! 진짜 재수 없어요."

우원은 있는 대로 성질을 부리고는 차에서 내렸다. 뒤돌아보지 않고 뛰었다. 아파트 공동현관 앞에 이르러서야 슬그머니 뒤돌아봤지만 은빛 자동차는 없었다.

"……갔네."

우원은 축 처진 어깨로 집에 들어왔다. 현관의 센서 등이 자신을 맞아 주었다. 아빠의 구두는 보이지 않았다. 우원은 방으로 직행했다. 판사 봉을 손에 쥔 채 침대에 벌러덩 누웠다. 새삼 경찰서로 잡혀간 친구들이 떠올랐다. 핸드폰을 꺼냈다. 민준에게 보낸 「알았음」 이후로 아무런 내용이 없다. 유치장에 갇혀 새우잠을 자고 있으려나? 우원은 메시지를 보내려다 관뒀다.

그때 현관문 여는 소리가 들려왔다. 아빠다! 영업이 끝난 다음에도 직원들의 업무는 계속된다지만 지금까지 은행에 있다가 오는 건 아니다. 방에서 나온 우원은 서재로 들어가려는 아빠를 빤히 바라봤다.

"여태 안 잤니? 아빠 기다렸어?"

"술 마셨어요? 누구랑?"

"늦었다. 그만 들어가 자렴. 내일 학교에 가려면 어서 자야지."

'내일'이 벌써 오늘이 됐다는 걸 모르는 모양이다. 아빠나 우원이나 일찍 일어나기는 이미 늦은 시간이었다.

"아빠!"

"무슨 할 말이라도 있니?"

"나, 마라상궈 좋아해. 면 사리는 옥수수면을 좋아하고, 토핑은 아삭한 연근이 제일 좋아."

"그런 말을 갑자기 왜 하는 건데?"

"내가 뭘 좋아하는지, 아빠가 알아 두면 좋을 것 같아서. 다음에 만나면 꼭 사 줘."

아빠는 뚱한 얼굴을 했다. '다음에 만나면'이 이상해서 겠지만, 우원은 아빠의 다음 말을 자르기라도 하듯 안녕히 주무시라고 얼른 인사했다.

"그으래, 너도 잘 자라."

엄마는 나와 보지 않았다. 우원은 서재로 들어가는 아빠를 확인하고 안방으로 갔다. 엄마는 자고 있었다. 그깟 피겨가 뭐라고. 스케이트를 탈 수 없게 된 우원은 정작 잘 지내고 있는데, 엄마는 자신만의 굴을 파고 그 안으로 들어갔다.

우원이 차 밑으로 들어간 아기 고양이를 꺼내다가 벌어진 사고였다. 으깨진 발가락은 진작 제 모습을 찾았다. 엄마는 이 년도 더 지난 지금에도 딸이 피겨 선수가 될 수 없다는 사실을 받아들이지 못하고 있었다.

우원은 엄마의 발치에 섰다. 제나의 말이 떠올랐다. 어른이 길을 잃으면 그 집 아이는 일찍 철이 든다. 그래도 자신이 엄마의 병을 낫게 할 수는 없을 것이다.

우원은 자신이 자꾸 엇나가는 이유가 엄마한테 있다고만 생각했다. 침대에 누워 있는 엄마를 가만히 들여다보던 우원은 이제야 알 것 같았다. 자신이 저지른 일은 피겨를 할 수 없게 되어서도 아니고, 자신에게 관심을 보이지 않는 엄마 때문도 아니었다. 민준이 꼬여 내서는 더욱 아니었다.

"엄마, 피겨는 그만 잊고 일어나면 안 돼? 엄마도 엄마가 하고 싶은 게 있을 거잖아. 이제부터라도 엄마 인생을 살면 안 돼? 앞으로 내가 뭘 하게 될지 아직은 나도 모르지만 피겨 선수가 아니어도 좋거든. 그냥 엄마랑 같이 있는 게 좋았어. 근데, 피겨를 할 수 없게 된 후로 난 엄마도 잃었어. 엄마한테 난 뭐였을까?"

엄마는 잠잠했다. 엄마가 자신의 말을 못 들었어도 괜찮았다. 그동안 가슴에만 담아 두고 있었던 말들을 오늘에서야 했다. 우원은 왠지 모르게 홀가분했다.

엄마의 불행은 엄마가 자처한 것이다. 민준의 도발에 발끈해 우원이 범죄에 가담한 것처럼 간밤의 일은 우원의 마음에서 비롯되었다. 무인 매장을 털었다는 사실은 변하지 않는다. 변명할 필요도 없이 해서는 안 될 짓을 했다.

우원은 날이 밝는 대로 경찰서로 가야겠다고 마음먹었다. 자신이 저지른 일에 대한 벌을 받을 것이다.

환상의 레드카펫

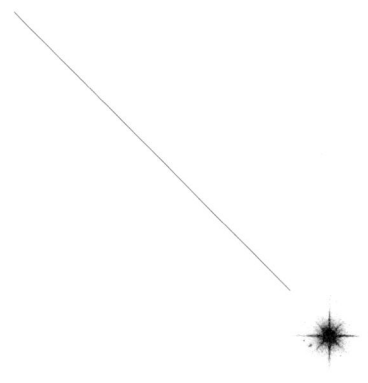

　　　　　　　　"아마, 초등학교 사 학년 때
부터였을 겁니다. 배우가 되겠다는 생각을 하게 된 게…….
옆구리에 화분을 끼고 다니는 킬러 레옹이 되었다가, 한석
규가 맡았던 《서울의 달》 제비 홍식이 되었다가, 필라델피
아 뒷골목을 누비던 복서 록키가 되었다가. 완전 종횡무진
이었죠. 제가 배우들 흉내를 얼마나 잘 냈냐면 말이죠. 반
아이들은 물론 학년 올라갈 때마다 담임선생님들마저 내
배우 흉내에 안 반한 사람이 없었거든."

　　마흔둘의 대환은 캔에 든 맥주 한 모금을 마시고는 알루
미늄 캔을 파라솔 테이블 위에 내려놨다. 어린 시절을 떠

올리자면 누군들 미소 짓지 않을까. 대환도 그랬다. 배시시 해맑은 웃음이 배어 나왔다. 관심 어린 시선을 받을 때마다 짜릿한 전율과 쾌감이 몰려왔다.

"그래서요?"

한웅의 반응은 떨떠름하니 신통치 않았지만 알싸한 취기에 아련한 추억이 더해진 대환은 흥이 올라 있었다.

"두말하면 잔소리지. 배우 하면 딱이겠다. 훌륭한 배우가 되겠다. 칭찬이 폭포수처럼 쏟아져서 내 어깨가 이렇게 막 산처럼 솟지 뭡니까. 아, 선생님 눈에는 내가 장차 훌륭한 배우가 될 놈으로 보이는구나. 그래서 결심했죠! 난 꼭 배우가 꼭 되어야겠다!"

오늘 처음 만난 한웅 앞에서도 대환은 몽환적인 얘기를 주절주절 잘도 꺼내 놓았다. 만난 지 이삼십 분이나 됐을까. 그랬음에도 오랜만에 마음 통하는 친구를 만난 듯 과하게 말이 앞섰다. 실상은 편의점 앞 데크에서 한웅이 자신이 고른 것과 같은 브랜드의 맥주를 마시는 걸 보고는 아는 척했다.

한웅은 대환이 초면이 아니었다. 며칠 전 세탁소에서 양복을 빌리던 그를 우연히 봤다. 맞선 보러 가냐는 주인의 물음에 그보다 더 좋은 곳에 간다고 했던 말도 본의 아니게 듣게 됐다. 요즘 세상에 세탁소에서 양복을 빌려 입는 사람이라니. 할인 매장에서 몇만 원만 주면 꽤 근사한 양복을 살 수 있는데 말이다.

그래서였다. 대환의 합석 요청에 고개를 끄덕인 것은. 오늘도 대환은 세탁소에서 빌린 듯한 품이 안 맞는 양복을 입고 있었다. 맞선 아니면 면접이겠지. 한웅은 그런 생각을 하면서 예의상 물어봐 줬다.

"그래서 지금은 뭘 하시는데요?"

"제가요, 지금 뭘 하냐면요……."

대환은 말끝에 쩝쩝 입맛 다시는 소리를 냈다. 동네 편의점에서 좋은 친구랑 술 마시고 있지 않냐는 말은 뒤늦게 나왔다. 연기라면 진부해서 못 봐줄 테지만 그보다 솔직한 대답도 없었다.

"아저씨, 친구 없죠?"

"무, 무슨 소리야. 내가 친구가 왜 없어?"

대환은 정색했다. 친구들 이름을 줄줄이 읊어야 했는데 떠오르는 이름이 없다. 영화에 등장하는 주인공 아니, 조연 이름이라도 줄줄이 댔어야 했는데. 대환은 대답을 기다리는 한웅의 얼굴을 빤히 들여다보다 말했다.

"아, 여기 있네. 친구가 별건가. 이렇게 같이 술 마시고,

속내도 털어놓고, 또 들어 주면 친구지. 한웅 씨와 난 오늘 부로 친구! 헤헤. 겉모습은 이래 보여도 아직 전도유망한 이팔청춘이거든."

대환은 실실 눈웃음을 쪼갰다.

"까짓것, 친구 해드릴게요. 저도 오늘은 기분이 영 별로 라서요. 대신, 술 깨고 후회하기 없기예요. 괜한 말을 했다 고 쪽팔려하지도 말고. 여기 근처 어디 사시는 것 같은데, 자주 보게 될지, 또 모르잖아요."

"그런 걱정일랑은 주머니에 넣어 둬, 넣어 두라구. 근데 오늘 한웅 씨 기분은 왜 별로야?"

대환이 슬쩍 말을 놓으며 능글맞게 물었다. 한웅은 슬그 머니 올라오는 분노에 맥주를 벌컥벌컥 들이켰다. 마지막 한 방울까지 입에 털어 넣고는 알루미늄 캔을 한 손으로 구 겨 아작을 냈다.

"사귀는 여자가 있었는데, 한 시간 전에 차였어요. 그것 도 문자로. 취직하면 그때 보자나 뭐라나. 백수라고 무시하 는 거죠."

한웅은 제대하자마자 학업과 공무원시험 준비를 병행했 다. 번번이 낙방해 벌써 사 수째다. 반면에 여자친구는 굴 지의 대기업에 입사했고, 이후로 얼굴 보여 주기를 게을리

했다. 새로운 사람들을 만났으니 그 안에서 안정적인 생활을 추구하는 것은 당연한 일이다. 자존심이 상했지만 한웅은 이해했다. 시험에서 계속 떨어지는 자신을 부끄러워한다는 사실까지도.

"올해 나이가 어떻게 되는데?"

"스물일곱이요."

"우아! 진짜 너무하시네. 남자 나이 스물일곱이면 백수인게 너무나도 당연하지. 대학 졸업한 지 얼마나 됐다고, 그것도 못 기다려 준단 거야. 그런 여자라면 그냥 빠이빠이 해요. 그게 맞지, 아무렴."

아직 오월인데 모기가 극성이다. 철쭉이 계절도 모르고 아무 때나 피더니 모기도 아무 계절에나 버젓이 나타났다. 한웅이 팔에 앉은 모기를 철썩 때려잡았다.

"그래서 아저씨는 지금 무슨 일을 하시는데요?"

"그게 말이야. 짧게 할 얘기는 진짜 아니거든. 겁나 긴데……."

대환은 날밤을 새도 다 못 할 얘기라며 설레발을 치고는 양복 상의를 벗어 의자 등받이에 걸쳤다. 해가 졌는데도 어째 날이 후덥지근했다. 대환은 와이셔츠 단추를 연달아 풀었다. 그러곤 정말로 듣겠냐는 듯이 끔뻑거리는 눈짓으로 한웅을 응시했다.

한웅은 들어나 보자는 식으로 고개를 주억거렸다. 그동안도 못 붙은 시험인데 오늘 하루 더 공부한다고 붙을 것도 아니고 실연의 아픔을 끌어안고 퍼질러 잘 기분은 더욱 아니었다. 비좁은 고시원에 가 봤자 답답증만 더할 것이다. 편의점 데크에 앉아 있는 것이 그나마 자신을 위한 위로라면 위로였다.

"스물일곱 살이라고 했지? 난, 마흔둘이거든."

언제 이렇게 나이를 먹었는지 알 수 없었다. 대환은 '마흔둘'을 입에 올리며 한숨을 깊게 내쉬었다. 아무리 대기만성이래도 마흔둘이면 인생의 정점은 아니더라도 그 인근 자락에라도 가 있어야 하는 것 아닌가. 자괴감이 든다. 젊은 신인 배우들이 날마다 등장하는데 대환의 인기는 초등학교 시절만도 못했다.

고등학교 때부터 오디션이 있다는 곳은 다 꿰고 다녔는데도 이십 년 넘게 대사가 있거나 없거나 단역이 전부였다. 딱 한 번. 단역배우 십몇 년 만에 주연을 맡은 적이 있기는 했다. 대학 졸업 작품으로 학생들이 제작한 독립영화. 출연료는 촬영이 끝나고 함께 먹는 끼니가 전부였다. 연기에 목말랐던 대환은 흔쾌히 수락했다. 현장에서 이루어지는 시나리오 수정에도 아이디어를 보탰다. 열과 성을 다해 혼신의 연기력을 발휘했다.

덕분에 대환이 주인공으로 출연한 영화는 해외 독립영화제에 초청되는 영광을 누리기도 했다. 당시 대학생이던 감독은 비평주간의 감독상을 수상해 상업 영화판에 입성했다. 그로부터도 벌써 육 년이 지났다. 한데 대환의 연기 인생은 아직도 제자리걸음 중이었다.

"마흔둘이면 아직 창창하네요, 뭐."

"칫! 속으론 한심하다고 여길 거면서……. 말이 나와서 말이지만 내 스물일곱 때 마흔은 다 꺾어진 인생이라고 생각했거든. 한웅 씨라고 다를까. 나보다 더하면 더하겠지."

"그런 점이 없진 않죠. 하하하."

"거봐. 나도 내가 이 나이 먹도록 요즘 애들 말로 그 뭐냐, 뽀시래기? 흐흐흐. 뽀시래기로 있을 줄은 몰랐단 말이지."

"백세시대잖아요. 나이가 훈장인 시대도 지났고……. 무덤 들어가기 전까진 아무도 모르는 거잖아요. 아저씨도 그 영화 미, 미 뭐였는데? 암튼 거기 나오는 배우요. 나도 아는 걸 연기한다는 아저씨가 모를 리는 없겠죠. 그 배우가 일흔 넘어서 미국 아카데미시상식에서 여우조연상을 수상했잖아요. 고생도 엄청나게 했다던데……. 거기 비하면 아저씬 이제 시작 아니에요? 내 말이 맞잖아요?"

"배우라고 다 같은 배우는 아니지."

대환은 쓴웃음을 지었다. 그도 그럴 것이 영화《미나리》에 출연한 윤여정은 이십 대 중반에 이미 청룡영화상 여우주연상을 거머쥔 대배우가 아니던가. 자신의 단역 인생과 견줄 수 있는 바가 아니었다.

"나 솔직히 쫌 두렵다. 아니, 아주 많이 두려워."

"명함도 없는 저만 하겠어요. 아저씨한텐 한 방이 있잖아요. 맨날 고시원에서 책만 파는 저랑은 비교가 안 되죠. 아직 사회에 발도 못 디뎌 본 저라구요. 근데 아저씬 뭐가 두려운데요?"

한웅은 농담처럼 말했지만, 대환은 심각했다.

"'운도 실력이여. 니가 아무리 재능이 뛰어나도 하늘이 점지해 주지 않으면 말짱 도루묵이여. 운이 재능의 전부라는 말도 있잖여. 운하고는 상관없는, 매일 출근허믄 달마다 꼬박꼬박 월급 나오는 일이 최고여.' 우리 어머니 말씀이시다. 실력은 기본이고 캐스팅되는 건 진짜 운빨이 있어야 하는 것 같단 말이지. 그 운빨이 내겐 따라 주지 않으니 일찌감치 다른 길 찾아보라고 성화셨는데……. 내 고집 하나로 여기까지 왔지. 다른 건 눈에 안 들어오고, 나이는 먹고……. 상황이 그렇다 보니 이젠 다른 걸 해 보려고 해도 할 수가 없는 지경에 이르렀다고나 할까."

식당을 운영하던 대환의 부모는 막내아들의 미래를 늘 걱정했다. 운도 없는 놈이 뿔난 망아지마냥 고집부리다 허송세월하지 말고 빨리 다른 길을 찾으라고 잔소리를 해댔다. 빛도 못 본 채 나이만 먹는 게 측은해서겠지만 그때마다 대환은 일갈했다. 두고 보라고. 배우로 영예를 얻는 날이 반드시 올 것이라고.

가족들 앞에서 호언장담했지만 점점 자신감을 잃었다. 뭐든 하다 보면 그 안에서 새로운 길을 찾게 될 거라는 어머니의 말씀도 새록새록 할 만큼 세월이 흘렀다.

"후회하는 거예요? 그러면 지금이라도 때려치우면 되잖아요. 여태 붙들고 있었으면서 이제 와서 왜 미련을 떨어요? 난 솔직히 하고 싶은 게 있는 아저씨가 부러운데……. 평생을 바쳐서라도 이루고 싶은 게 있는 거잖아요. 아, 청승은 그만 떨고. 왜 진즉 다른 길을 찾지 않았는지, 그거나 말해 봐요. 어쩌다 보니 그렇게 됐다, 뭐 이런 말이면 관두고요. 맥 빠지니까."

"맥주가 너무 싱겁네. 우리, 소주로 바꿀까? 내가 살게."

대환이 편의점으로 들어가더니 소주 세 병과 족발을 들고 나왔다. 뒤늦게 뭐가 먹고 싶으냐고 묻더니, 그거면 됐다는 한웅의 말에도 다시 들어가 컵라면 두 개에 끓는 물을 부어 나왔다.

컵라면이 익을 동안 한웅의 잔에 소주를 따라 준 대환은 의식을 치르듯 자신의 술잔을 비웠다. 한웅은 고집스럽게 배우의 길을 갈구하는 대환의 속내를 오늘 밤 안으로 들을 수 있을까 싶었다.

대환은 먹구름이 낀 듯 칙칙한 밤하늘을 올려다보고는 또 긴 한숨을 내쉬었다. 그 끝에 쓴웃음이 이끌려 나왔다. 남들이 시샘할까 싶어 꽁꽁 숨겨 놓은 얘기를 만난 지 겨우 한 시간밖에 안 된 한웅에게 털어놓아도 괜찮을지 알 수 없었다. 십구 년 동안 효과를 보지 못한, 부적이나 다름없는 이야기지만 한 번은 털어놓고 싶기도 했다.

"그런 엉터리 환상을 믿고 마흔 넘도록 이러는 내가 미련스럽다 할지도 모르지."

"아저씨가 어떤 말을 해도 비웃지 않을게요. 판단도 하지 않을게요. 여친한테도 차인 백수가 누구 인생에 토를 달겠어요. 아저씨나 저나 똑같은 백수라지만, 그거 아니거든요. 뭐랄까? 아저씬 반짝반짝 빛나는 로또 백수랄까. 하하하."

한웅은 자신의 가슴에 팔짱을 끼고 들을 준비가 됐으니 어서 털어놓아 보라고 고갯짓했다.

×

스물셋의 서대환이 백사십팔 번째 오디션에서 떨어진 날이었다. 칭찬은 고래도 춤추게 한다지만 엄청난 독이 될 수도 있다는 걸 깨달은 날이기도 했다. 선생님이 대사 한마디 없이 뒤통수만 나오는 제자의 연기를 봤다면 어땠을까. 우리 대환이는 대배우가 되겠는걸. 초등학교 담임선생님의 칭찬만 없었더라도 대환은 아이들 앞에서 잔재주로 웃음을 선사하는 유쾌하고 명랑한 친구에 머물렀을 것이다.

담임은 아이들 앞에 선 대환만 봤다. 교실에서 수업할 때처럼. 저 아이는 나중에 어떤 사람이 될까. 어떤 직업을 갖게 될까. 저도 모르게 학생의 미래를 점치는 건 초등학교 교사들에겐 본능 같은 일이다.

담임선생님이 뒤통수로도 연기할 수 있어야 대배우가 된다는 걸 그때 알았더라면……. 백사십팔 번째 고배를 마신 날, 대환은 다른 길을 찾아야 하나 진심으로 갈등했다. 이제는 접어야 할 때가 왔다는 생각이 들자 서글펐다. 겨우 스물셋이다. 하고 싶은 걸 포기하기에는 너무 이른 나이 아닌가.

여러 삶을 살아 보는 연기는 어렵지만 흥미로웠다. 평생 배우로 살 수 있다면 큰돈을 벌지 못해도 살아 볼 만한 인생이라고 여겼다.

배우는 내 길이 아닌 걸까, 하고 체념하다가도 그럴 리 없다고 부인을 반복하는 하루하루는 암담했다. 매번 이번에는 되겠지, 이번에는 되겠지가 반복되었다. 제발 좀 살려 달라는 말이 목구멍까지 치올랐다. 배우가 못 되면 죽은 인생이나 다름없는데……. 대환은 가슴이 들끓었다. 쓰고 있던 우산을 행인에게 내주고 무작정 뛰었다. 앞만 보고 빗속을 달리고 또 내달렸다. 밤새 달리다 보면 낙방의 불운도 배우에 대한 열망도 온전히 떨칠 수 있지 않을까.

찰싹!

대환이 한창 진중하게 얘기 중인데 한웅이 팔에 앉은 모기를 때려잡는다. 한웅의 팔이 모기의 것인지 한웅의 것인지 모를 피로 얼룩졌다. 한웅은 피범벅이 된 모기 사체를 휴지로 닦아 냈다.

"여름이 되려면 멀었는데, 웬 모기가 벌써부터 극성이람. 이상기후 때문인가. 많이도 먹었네. 아, 무슨 얘기 했죠? 맞다. 그래서 배우의 꿈이 접어지던가요? 내가 보기엔 못 접은 것 같은데."

"한웅 씨 말 대로야. 못 접었지. 접을 수가 없었어."

"왜요?"

"백사십팔 번째 낙방이 아무것도 아니게 된 사건이 그날에 일어났거든. 내 운명이 십자가에 못 박혀서 벗어날 수 없는 그 사건이."

한웅은 그게 뭐냐는 듯 작은 눈을 동그랗게 떴다.

"지금 생각해도 황홀하고 기묘한 일이었지."

두 시간은 족히 달린 듯했다. 대환은 지쳤고, 멈추고 보니 마포대교 위였다. 비에 젖은 운동화가 묵직해서 더는 뛸 수도 없었다. 대환은 무거운 다리로 저벅저벅 걸었다.

그러던 중 빗속을 뚫고 어떤 목소리가 대환의 귀에 닿았다. 돌아봤지만, 아무도 없었다. 이 빗속에 누가 말을 걸겠는가. 잘못 들었겠지. 그의 시선이 빗물과 함께 대교 밑 강물로 떨어져 내리던 그때였다.

"안 됩니다, 손님!"

여자의 목소리가 친근하게도 달려들었다. 대환은 도로에 있는 차량 하나를 발견했다. 운전자를 보려고 허리를 굽히려는데 철컥, 문이 열렸다. 다리가 후들거리고 온몸에 으슬 으슬 한기가 돌던 차였다. 낯선 청년을 태워 주겠다니 고마운 일이다. 하지만 차를 더럽힐 수 없어 사양했다.

대환은 다시 걸었다. 차는 비가 오는 도로에 그대로 서 있었다. 뒤에 있던 차들이 밀리기 시작했다. 마포대교가 빵빵거리는 소리로 어수선했다.

"그러지 말고 어서 타십시오."

여자의 권유 때문만은 아니었다. 대환은 자신 때문에 도로에 혼선이 생기는 것 같아 실례를 무릅썼다. 차 안은 어두웠다. 미안해서 고개도 못 든 대환은 연신 고맙다는 인사만 했다. 그러고는 흥건히 젖은 옷자락을 조용히 쥐어짰다. 의자 밑으로 흐른 물줄기가 바닥에 닿자마자 말랐다. 놀란 대환이 고개를 돌렸다. 그리고 연타로 놀랐다. 말을 걸어왔던 여자가 차 안 어디에도 없다.

"믿기 어렵겠지. 지금이야 인공지능이니 자율주행이니 하는 말이라도 있지. 그땐 아니었으니까. 차가 말도 하고 혼자서 운전도 한다고, 누가 상상이나 했겠어."

"영화 얘기하는 거죠, 지금?"

한웅이 찬물을 끼얹듯 말했다. 어디서 공상과학 같은 얘기를 읽거나 들은 것이라고 일축했다.

"내가 꾸며 낸 이야기라고 생각해? 하긴 믿어 줄 거란 기대는 안 해. 믿고 안 믿고는 본인 자유지만, 나 또한 거짓말은 안 해. 못 하지."

"에잇! 이놈의 모기 새끼!"

한웅이 이번엔 자신의 종아리를 때렸다. 이상하리만치 한웅한테만 모기가 들러붙었다. 말없이 일어난 대환이 편의점 안으로 가더니 모기향을 들고 나왔다. 한웅의 다리 밑에 모기향을 피워 주곤 씨익 웃는다.

"모기가 왜 자꾸 한웅 씨한테만 가지? 내 피가 맛이 없나? 모기도 젊은 피를 좋아하나?"

마흔 넘은 서대환의 피부가 뱀파이어처럼 하얬다. 술이 들어가서인지, 원래 그랬는지 한웅은 잘 생각이 나지 않았다.

"쓸데없는 소리 관두고요. 하던 얘기나 계속해요. 진짜든 거짓말이든, 좀 흥미롭긴 하니까."

대환이 치아를 드러내며 소리 없이 또 웃는다.

"그럼, 그럴까? 비가 와서 평소보다 어둑해도 밤이 되려면 시간이 한참 더 있어야 했는데 말이야."

대환을 태운 차가 마포대교를 건너는가 싶더니 갑자기 광활한 어둠의 세계로 들어섰다. 전조등으로 어둠에 길을 내고 달리는 차는 몹시 비현실적이었다.

"지금, 어디로 가는 겁니까?"

"제나도 모릅니다. 손님의 간절함과 맞닿은 곳이지 않을까 싶습니다만."

자신을 제나라고 칭한 목소리의 말이었다.

대환은 자신이 이세계로 왔다고 여겼다. 영화《백 투 더 퓨처》일까, 아니면《콘스탄틴》일까.

"혹시, 제가 죽은 겁니까?"

대환은 죽고 싶은 심정이었으나 그렇다고 진짜로 죽을 생각을 한 것은 아니었다. 절망적이긴 했지만…….

지금은 아무리 생각해도 자신이 죽은 것 같았다. 그렇지 않고서야 이런 캄캄한 곳에 왔을 리가……. 그게 아니라면? 외계 비행선 대신 외계 자동차에 납치라도 당한 건가. 하지만 스스로 올라탔다는 사실에 대환은 고개를 저었다.

"헛수고하는 겁니다. 저는 아무것도 없거든요. 가진 게 있다면 배우가 되겠다는 헛된 꿈뿐이죠. 그거라도 가져가겠다면……."

"뭔가 오해가 있는 듯합니다. 인간에게 꿈은 희망이죠. 그걸 함부로 내주면 어떡합니까?"

"납치된 것도 아니고 죽은 것도 아니면 저건 다 뭐랍니까?"

대환은 눈앞에 펼쳐진 어둠을 보고 있었다.

"손님이 원하는 곳으로 가는 중이죠. 어둠은 통로일 뿐입니다."

내가 원하는 곳? 그런 게 있었나. 대환이 상념에 빠져들던 그때였다.

"이제 내리십시오. 즐거운 시간이 되길 바랍니다."

순식간에 어둠도 어둠을 뚫던 빛의 길도 사라졌다. 대환은 내리라고 하니 얼떨떨한 채로 차에서 내렸다. 그 순간, 여기저기서 카메라 플래시가 팡팡 터졌다. 대환을 향해서는 아니었다. 다만 그가 동경해 마지않던 걸출한 배우들이 눈앞에 있었다.

배우들은 레드카펫을 사뿐히 지르밟으며 우아하게 걷고 있었다. 그들이 향하는 건물에는 영화제 시상식을 알리는 네온사인이 걸려 있었다. 대환이 초대는커녕 꿈도 꿔 본 적 없는 세계적인 영화제였다. 대환은 얼떨떨하면서도 설레고 흥분된 마음을 감추지 못했다.

대환이 배우들의 뒤를 쫓아 레드카펫을 밟은 건 부지불식간에 이뤄진 일이었다. 경호원이 쫓아와 비켜서라고 할 만도 한데, 그런 일은 일어나지 않았다. 자신이 레드카펫 위에 서 있다는 걸 뒤늦게 알아챈 대환은 그 자리에 얼어

붙었다.

이상했다. 방금까지만 해도 비에 흠뻑 젖어 있던 옷이 뽀송뽀송했다. 손에는 시상식 초대장까지 들려 있었다. 기왕 이렇게 된 거, 까짓것 즐겨 보자. 어리둥절해 있던 대환은 어깨를 펴고 시상식 현장으로 향했다.

한창인 축하 공연에 대환의 흥분도 좀처럼 가라앉을 줄 몰랐다.

"세계적인 감독들과 배우들이 모인 영화제에 내가 와 있다니. 우아! 이게 꿈이야, 생시야? 내가 진짜 영화인이 된 것 같았지. 그것만으로도 내 절망은 순식간에 사라졌어. 난 또 희망에 들뜨고 말았고. 백사십팔 번째 낙방? 그게 다 뭐야? 개한테나 주라 그래. 축하 공연이 끝나고 수상의 시간이 됐지. 조연상을 받은 배우의 소감을 듣고 있는데, 왜 그렇게 가슴이 벅차던지. 내가 받은 것도 아닌데……."

"지금 울어요, 아저씨?"

대환이 눈가에 맺힌 그렁그렁한 눈물을 훔쳤다.

"어떻게 안 울겠어. 그 많은 영화인 앞에서 내 이름이 호명됐는데……. 졸도하지 않은 게 이상하지. 배우도 못 된 내가 하마터면 무대로 용수철처럼 튀어 오를 뻔했다니까. '오늘의 남우주연상! 《빈티지한 것들을 위하여》에서 이로 역을 맡아 청년에서 노년까지 심도 있는 연기 스펙트럼을 보여 준 서대환 배우입니다.' 진행자의 말이 떨어지기가 무섭게 객석에선 우레와 같은 박수와 환호가 댐 무너지듯 터져 나왔지."

"서대환? 그게 누군데요?"

감격에 겨워 하는 대환에게 한웅이 찬물을 끼얹는다.

"그러고 보니 내 이름도 말 안 했네. 쩝. 한웅 씨 앞에 있는 바로 이 사람이 서대환이야!"

대환은 검지로 자신의 명치를 콕 찔렀다.

"아, 그러니까 십구 년 전에 아저씨가 타임루프를 했다는 거네. 말하는 차를 타고 시상식에 갔다, 그곳에 가서 보니 아저씨랑 이름이 똑같은 배우가 남우주연상을 받았다?"

"그렇다니까!"

"진짜 대단하네. 영화로 만들어도 되겠어요."

한웅이 비꼬는 투로 말했다. 그러거나 말거나 대환은 개의치 않았다. 몽롱한 눈동자로 얘기를 이어 나갔다.

"나비넥타이에 흰 와이셔츠, 잿빛 양복을 걸친 중년의 남자가 나보다 앞서 수상 무대를 향해 나가는 것을 발견하지 못했다면 내가 무대로 나갔을 거야. 그랬으면 사고 한번 크게 쳤겠지. 전 세계에 생중계되는 방송인데……. 다행히 나보다 빠르게 움직여 준 또 다른 서대환 덕분에 참사를 면했지. 그의 수상소감을 들으면서 결심했어. 천 번, 만 번 오디션에서 떨어져도 내 인생은 저기에 있다. 그 이후로도 오디션에서 떨어지는 일은 계속됐지만 낙심하지 않았어. 그날 본 서대환을 나라고 생각했거든. 더 부지런히 나를 갈고닦았지. 나를 알아보지 못한 것을, 나를 놓친 것을 무릎을 치며 언젠간 후회하겠지. 계약서를 들고 와서 제발 출연 좀 해 달라고 사정할 날이 온다. 기다려라!"

대환은 테이블을 쾅, 내려쳤다. 하지만 금방 맥이 풀렸다. 그날이 이토록 오랫동안 오지 않을 줄은 몰랐다. 배우가 되겠다는 꿈을 가지고 진짜 같던 그날의 기억에서 무려 십구 년이 흘렀다.

재능이 있어도 운이 없으면 말짱 도루묵이라던 어머니의 말씀이 벼려진 칼이 되어 대환의 심장을 난도질했다. 일찌감치 그 말씀에 따랐다면 지금쯤 월급쟁이든 구멍가게 사장이든 사람 노릇은 하고 있지 않았을까. 결혼도 하고 아이도 키우면서 남들 사는 것처럼.

한때는 주변의 부러움을 사던 재능이었는데 말이다. 고집스럽게 지켜 온 꿈인데 말이다. 미혹되지 않을, 불혹을 넘긴 나이에도 대환은 흔들흔들, 갈팡질팡했다. 불쑥 튀어 나온 그날의 이야기에 급 처량해진 대환이다.

한웅은 술에 취해 자는 건지, 엎어져 우는 건지 모를 대환을 물끄러미 보았다. 처음에는 한심해 보였는데 듣고 보니 대단하다는 생각이 든다. 한눈팔지 않고 꿋꿋하게 자신의 꿈을 지켜 낸 것 같아서. 그 꿈에 너무나 진심인 것 같아서.

"아저씬 확실한 꿈이 있어서 좋겠다."

한웅은 잔에 남은 소주를 한입에 털어 넣었다. 공무원시험을 준비한다는 건 대외용이 된 지 오래였다. 군 복무를 마치고 복학하니 친구들은 다들 취직에 매달렸다. 한웅도 뭔가 해야 했다. 공무원시험 공부를 시작한 것은 구실이었는지도 몰랐다. 같이 공부했던 친구들은 고시에 합격하거나 취업에 성공하거나 해서 고시원을 떠났다. 한웅만 사 수생 꼬리표를 단 채 여전히 고시원에 남았다. 공무원이 된다는 게 뭔지도 모르고, 이 공부를 왜 하고 있는지도 모르면서.

"그거 알아요? 오늘 처음 본 아저씨가 나를 비참하게 만들고 있다는 거. 난 아저씨의 단단한 심지가 참 부럽네요."

대환이 퍼뜩 상체를 일으켰다. 자고 있었던 게 아니었나

보다.

"부러워? 내가? ……미쳤군."

대환은 이제 와 의구심만 늘었다. 현실인지 꿈인지 분간하기 힘든 그때의 기억이 지금껏 꿈을 포기하지 않게 해 주었는데, 어째 청춘을 사기당한 기분이었다. 그날 마포대교에서 말하는 차를 만나지 않았더라면, 그 차에 타지 않았더라면 지금 이렇게 허송세월했다고 한탄하는 일은 없지 않았을까.

"이제라도 관두는 게 맞아. 운이 없는 재능은 정말이지 가혹해. 실은 오늘도 또 떨어졌거든. 이제라도……, 이제라도 정신 차려야지. 냉수 먹고 속 차려야지."

대환이 자조적으로 말하자 한웅이 그의 잔에 소주를 따랐다. 막잔이었다. 대환은 한입에 털어 넣고 크, 소리를 냈다. 잔도 다 비웠으니 일어서려는데 대환의 몸이 어째 말을 듣지 않는다. 중심을 못 잡고 비틀거렸다. 그 와중에도 영화의 한 대목을 재연했다. 《여인의 향기》에 나오는 눈 못 보는 퇴역 군인이 되었다가 또 다른 영화의 광대가 되었다.

"난……, 여기 있는데……, 너언…… 거기……, 거기 있지?"

이십여 년 전, 천만 관객을 동원한 《왕의 남자》의 한 장면이었는데 한웅은 그 영화를 알지 못했다. 그럼에도 대환의 몸짓과 목소리에서 묵직한 한이 느껴져 코끝이 찡해졌다. 지금 하는 것이 술주정이 아니라 연기라면 대환은 타고난 배우다.

"아저씨 연기에 비하면 운은 아무것도 아니네. 운빨이 연기를 못 따라온다고 보는 게 맞아요."

한웅의 말을 듣기나 했는지 모르겠다. 술에 취한 대환은 쿵, 큰 대자로 편의점 데크에 뻗어서 일어날 줄을 몰랐다. 한웅은 빈 술병이 놓인 테이블을 확인했다. 많이 마신 건 아니었다. 알딸딸하게 취한 한웅은 곯아떨어진 대환 곁에 쪼그리고 앉아 그를 찬찬히 들여다봤다.

"얼굴에 대체 뭘 바른 거야? 암만 봐도 마흔둘 피부는 아닌데⋯⋯. 나도 좀 알려 주지. 무슨 화장품을 쓰는지."

고작 몇 시간 같이 보낸 대환이 몇 년은 알고 지낸 사람처럼 가깝게 느껴졌다. 술에 취해 쓰러진 그를 어떻게 해야 할지 난감하기도 했다. 여기서 이렇게 뻗으면 곤란한데⋯⋯. 한웅이 대환을 깨워 보지만 반응이 없다.

"고시원에서 자나 여기서 자나 그게 그거지. 에라, 모르겠다."

한웅은 대환의 팔을 베고 누웠다. 술주정뱅이들의 한뎃

잠을 한심하다 여겼는데, 눕고 보니 왠지 낭만적이란 생각이 든다. 혼자였다면 엄두도 못 낼 일탈이었다. 그래도 미래의 대배우가 이런 데서 자는 건 아닌 것 같다고, 한웅이 혼잣말하고 있었는데…….

"서대환 배우는 제나가 모시겠습니다."

내가 취했나? 헛소리가 다 들리네. 한웅은 상체를 일으켰다. 섬광이 스쳐 갔다. 눈을 비비고 다시 앞을 봤다. 방금만 해도 없던 차 한 대가 그곳에 있었다. 한웅은 벌떡 일어나 차 앞으로 다가갔다.

"지금, 네가 나한테 말을 걸었어?"

"네. 제나를 찾는 듯하여 왔습니다."

한웅은 정신이 번쩍 나서 뒤로 한 발짝 물러섰다.

"네가 그 제나?"

대환의 말은 거짓이 아니었다. 흥분한 한웅이 대환을 깨웠다. 어서 일어나 보라고. 대환은 좀처럼 정신을 차리지 못했다.

"음냐, 음냐…….”

한웅은 잠에 취한 대환의 손등을 꼬집는다. 없는 정신에도 모기를 잡듯 대환이 한웅의 손등을 철썩거린다.

"너, 거기 있냐? 나는 여깄지. 오스카 너어 꼼짝 말고 기다려! 내가 반드시 간다."

대환은 술주정 중이다. 차창에 비친 제 얼굴을 한웅인 줄 알고 어서 술잔을 채우라고 닦달한다.

"많이 취했네요. 제나가 모셔다드릴게요."

"누구? 제나…… 제나? 너 잘 만났다, 너어. 내가 너 때문에…… 생때같은…… 내 청춘을 통째로 날렸거든. 널 만나기 전으로…… 나, 돌아갈래. 남들은 딸이 영재네, 집을 샀네 하는 판인데…… 난 네 덕분에 헛꿈만 꿨다. 음냐, 음냐."

대환은 비몽사몽에도 '제나'란 말이 귀에 쏙 들어와 박혀서 또 횡설수설이다. 대환을 태운 제나는 대환의 집으로 가지 않고 강변도로를 탔다. 왠지 그래야 할 것 같았다.

인간에겐 있는 '마음'이란 것이 제나에게는 없었다. 고놈이 얼마나 골 때리는 놈인지는 설명할 수 있다. 바위에 쇠말뚝을 박아 놓은 것처럼 꿈쩍하지 않다가도 손바닥 뒤집듯이 쉬이 뒤집히기도 한다는 것. 훤히 보이는 길도 돌아가게 만들고, 결과를 뻔히 알면서도 삥이치게 만드는 놈이다.

제나는 인간의 그 마음이란 것을 종잡을 수 없다. 이해하기도 힘들었다.

대환의 주머니에서 느닷없이 핸드폰이 울렸다. 자정이 넘은 시간이다. 제나는 대환을 깨우지 않고 대신 받았다.

— 서대환 씨?

목소리를 듣고 제나는 상대가 누군지 알았지만 아는 척하지 않았다.

"서대환 배우는 지금 전화를 받을 수 없습니다. 나중에 다시 연락 주세요."

— 아, 죄송합니다. 지원자 서류를 보다가 반가워서 핸드폰에 손이 먼저 갔네요. 이렇게 늦은 시간인 줄도 모르고……. 하하하. 기왕 전화를 받으셨으니 전해 주시겠습니까? 내일 오디션에 참석해 달라고 말이죠. 벌써 오늘인가? 아무튼, 제 결례는 이쯤에서…….

"봉 감독님 오디션이라고 전하면 되겠습니까?"

— 네? 제가 누군지 알아요? 우리가 아는 사이였던가요?

"십 년 전 초겨울이었죠, 감독님을 만난 그때가……. 새 작품 시작한다니 진심으로 축하드립니다."

제나에게 '진심'이란 말은 어울리지 않았다. 하지만 인공지능 나노봇 제나는 인간들의 마음을 표현하는 어휘를 상황에 맞게 사용할 줄 알았다. 마음을 설명할 순 있어도 느끼거나 이해하지 못하는 것처럼 인간의 어휘를 사용하는 것도 그랬다.

통화가 끝나도록 대환은 곤히 자고 있었다. 드디어 기회가 왔다. 이번 오디션이 그동안 막혔던 그의 숨통을 뚫어줄지도 모를 일이다.

"집에 도착했습니다."

제나가 대환을 깨웠다. 대환은 차 밖으로 고개를 내밀었다. 헛구역질을 두어 차례 하더니 그대로 차에서 내렸다. 내리기 전에 주머니에서 꺼낸 구깃구깃한 만 원짜리 한 장을 잘 펴서 자신이 앉았던 의자에 두고 갔다.

✖

한웅은 핸드폰을 꺼냈다. 그래도 배우 아닌가. 뒤지다 보면 연락처를 알 만한 정보가 어딘가에 하나쯤은 있을 것이다. 한웅은 포털 검색창에 '서대환'을 입력했다. 동명의 사람들이 주욱 올라왔다. 보디빌더 서대환, 공공기업 대표 서대환, 기초의원 서대환, 보습학원 원장 서대환 등등. 영화배우 서대환은 인물 정보 페이지에만 없는 게 아니라 그 흔한

SNS에서도 찾기 어려웠다.

단역이라지만 꽤 오랜 시간 배우 생활을 했는데 검색에 이름 한 줄 걸리지 않기도 참 힘들겠다 싶다. 상을 받았다는 독립영화 제목이라도 물어볼걸. 대환의 정보를 찾던 한웅은 괜히 짜증이 났다. 배우가 무슨 재야인사도 아니고 이렇게나 흔적을 찾기가 어려워서야.

한웅은 며칠째 편의점에서 혼자 맥주를 마셨다. 오늘도 혼자다. 시원했던 맥주가 밖에 나와 뜨듯해질 무렵이었다. 기다리고 기다리던 대환이 나타났다.

"저기요. 아저씨!"

대환을 쫓아가려던 한웅은 급하게 움직이는 바람에 의자에 사타구니를 부딪쳤다. "아이야!" 신음이 절로 터져 나왔다.

그 소리에 대환이 지나가다 말고 뒤돌아섰다. 드디어 만났다. 한웅은 사타구니에서 얼른 손을 뗐다. 충돌의 고통이 남아 일그러진 얼굴로 "하이!" 하고 손을 흔들었다. 대환이 고개를 갸우뚱하고 다가왔다. 나를 알아요? 딱 그런 눈빛을 하고서.

엉망진창으로 취한 밤이기는 했다. 그래도 친구가 별거냐고, 마음을 뒤흔들 땐 언제고 이제 와 모른 척 쌩깐단 말인가. 서운했다. 그날의 일들이 새삼 민망해서라면, 한웅은 얼마든지 모른 척해 줄 용의가 있었다.

한웅은 입을 닷발 내밀고 눈을 흘겼다. 어쩜 그렇게 모른 척을 한담? 뚱한 눈길로 보던 대환이 곧 한웅을 알아보고는 반갑다고 인사했다. 그러고는 또 금방 시무룩해져서는 땅이 꺼질 듯 한숨을 내쉬었다. 편의점 파라솔 아래에 자리 잡은 다음에도 그는 별말이 없었다.

안면도 없는 사람을 붙잡고 능청스럽게 속내를 다 보여 줄 때는 언제고? 오늘은 입에 자물쇠를 채웠나. 한웅은 대환과 말하는 차와의 재회가 궁금해 미칠 지경이었다. 대환이 우거지상을 하고 있으니 선뜻 입이 안 떨어졌다.

"누가 죽기라도 했어요? 왜 이렇게 다운인데요?"

대환이 그제야 고개를 들고 한웅을 건너다봤다.

"이번엔 진짜 될 줄 알았거든. 근데, 연락이 없어."

"아, 오디션? 난 또 그 말하는 차가 아저씨를, 아저씨 장례식에라도 데리고 갔다 온 줄 알았네."

"여기서 말하는 차가 왜 나와? 내 얘기를 진짜로 믿는 거야?"

"어떻게 안 믿어요? 나도 그날, 아저씨랑 맥주 마신 날, 말하는 차를 만났거든요."

놀랄 줄 알았다. 한웅이 제나를 만났다는 데도 대환의 반응이 어째 시원찮다. 관심도 없는 듯했다.

"떨어진 오디션이라고 생각했거든. 근데 오디션을 또 보러 오라는 거야. 진짜로 촉이 왔거든! 다시없을 기회다. 그랬는데, 또 김칫국만 마신 거지. 매번 떨어질 때마다 아무렇지 않은 척, 태연한 척 굴었는데 이번은 어째 그게 안 되네. 진짜 접어야 하나 싶기도 하고. 내 짝사랑이 너무 긴 세월이라 헤어지자니 안타깝고, 보고 있으면 나한테 넘어올 것도 같고……. 아니지, 여태 아무것도 안 된 거면, 순전히 내 헛된 욕망 때문에 여기까지 왔다는 걸 깨달아야지. 안 그래?"

배우 활동을 어떻게 했길래 검색에 걸리는 게 하나도 없냐고 따질 생각이었는데 선수를 빼앗겼다. 한웅은 낙담한 대환의 말에 오디션이야 다음에 또 보면 되는 거 아니냐고 위로했다.

"계절은 봄 여름 가을 겨울 순서대로 오지만 인생의 계절은 사람마다 다르다면서요."

"누가?"

"아저씨가 한 말인데, 기억 안 나요? 사람마다 꽃을 피우는 시기가 다 다르다고. 헤밍웨이는 인생의 봄을……."

하는데, 대환이 "잠깐!" 하고 외쳤다. 헤밍웨이 어쩌고저쩌고할 요량이면 관두라고.

"나는 헤밍웨이가 아니라 서대환인걸."

지난 수요일 아침. 숙취와 함께 일어난 대환은 간밤에 누군가와 술을 마신 것까지는 기억이 났다. 그런데 집까지 어떻게 왔는지에 관해서는 기억이 없었다.

자신을 깨우는 알람에 침대 옆 탁자를 더듬어 핸드폰을 손에 넣었다.

「열한 시! 상암. 오디션 참석 요망!」

대환은 눈을 비비고 문자를 다시 확인했다. 오디션이라고? 그것도 오늘? 어리둥절했다. 어떻게 오디션 일정까지 까먹나 싶어 제 머리를 쥐어박았다. 뭐부터 해야 하지? 잠시 침대 곁을 서성이다 구겨진 셔츠와 양복바지를 벗어 던지고 부리나케 욕실로 들어갔다. 시간이 없다. 생각을 해도 뭐든 하면서 해야 했다. 대환은 찬물에 머리를 감는 와중에도 오디션 대사를 웅얼거렸다.

"봉 감독님 작품에 내가 오디션을 보게 될 줄 어떻게 알았겠어. 지하철을 타고 가면서도 작중 인물만 생각하고 갔지. 정말 많이들 와 있더군. 아는 얼굴도 있고……. 오디션

대본을 현장에서 주더라고. 오백 자 분량의 대사를 즉석에서 외워 배역을 소화했지."

"반응은 어땠어요? 감독이든 심사위원이든 무슨 말이 있었을 거잖아요."

한웅은 제나를 다시 만난 소감보다 대환의 오디션 결과가 궁금했다.

"이런 말을 하는 게 쑥스럽지만 나도 내가 그렇게 잘 해낼 줄은 몰랐어. 그 많은 대사가 한순간에 외워진 것도 놀라웠고, 나름 출중한 연기를 했다고 생각했는데……. 됐다면서 나가 보라는 거야. 내 연기가 그렇게 형편없었나? 혼란스럽고 민망하고……. 그런데 또 며칠 안으로 연락을 주겠다는 거야. 솔직히 기대했지. 그런데 일주일이 되도록 연락이 없다는 건 내 연기가 성에 차지 않았다는 뜻이겠지. 차라리 잘됐어. 이번에야말로 짝사랑을 끝낼 때가 된 거야. 곱게 보내 줄 때가 됐지."

참, 오래도 버텼다. 절망감이 밀물처럼 파도쳐 왔다. 대환은 콧물을 훌쩍거렸다. 그 와중에도 허탈한 웃음이 새어 나왔다.

"배우가 되겠다는 꿈 하나만 보고 여태 살아왔는데 포기가 잘도 되겠네요."

"이제라도 정신 차리고 살자면 그래야지."

대환은 남은 한 모금의 맥주를 겨우 넘겼다. 자신보다 열 댓 살은 많은 대환이 자신과 다를 바 없는 방황을 하고 있다는 생각이 들자 한웅은 이상하게 위로가 됐다.

삼 년도, 십 년도 아니고 이십여 년이 넘는 세월이다. 하늘이 무심한 건지, 대환이 지독한 바보라서 그런 건지 한웅은 알 수 없다. 한 치 앞도 모르는 게 인생이라는데 럭비공처럼 어디로 튈지 알 수 없다는데 어쩜 그렇게 하나만 보고 살아올 수 있단 말인가. 한편으로 그 지난한 낙방의 세월을 무던하게 견뎌 온 대환이 알면 알수록 한웅은 대단하다는 생각이 든다. 뜻한 바 없이 공무원시험 사 수생 꼬리표를 달고 있는 자신과는 달라도 너무 다르다.

대환이 봤다는 미래 때문이 아니다. 우직하게 버텨 왔으니 언젠간 배우의 꿈이 서대환의 현실이 되지 않을까. 한웅이 생뚱맞은 생각을 하기 시작한 건 그때였다. 내게 꿈이 없다면 꿈을 가진 사람의 곁에서 그가 꿈을 이루어 가는 것을 지켜보는 일도 좋지 않을까. 대환의 꿈에 숟가락을 얹어 볼까? 밥상을 같이 차리는 거다. 소속사도 없고 매니저도 없는 서대환의 배우 인생에 비단은 못 깔아 주어도 함께 새로운 길을 만들어 볼 수는 있지 않을까.

눈물 콧물 흘리는 대환을 보고 있자니 화기에 덴 것처럼 한웅의 가슴이 화끈거렸다. 대환은 또 취했다. 술에 취하고 메마른 슬픔에 취해 또 맥없이 정신을 놓았다.

"오늘은 우리 집으로 가요. 누추하지만 내 배우가 될지도 모르는데, 한뎃잠을 자게 할 순 없죠."

한웅은 편의점 아르바이트생의 도움을 얻어 대환을 등에 업었다. 몸은 호리호리한데 엄청나게 무거웠다. 통뼈인가. 해묵은 대환의 고뇌가 고체화되어 눌어붙기라도 한 걸까. 한웅은 어금니를 악물고 다리에 힘을 팍 주었다. 그러고는 발걸음을 떼기 시작했다.

신기했다. 걸으면 걸을수록 대환의 몸이 점점 더 가벼워지는 게. 이 정도라면 충분히 지고 가도 되겠는걸. 한웅은 성큼성큼 집 아니, 고시원을 향해 걸었다.

한웅은 대환에게 침대를 내주고 바닥에서 잤다. 다음 날 아침에 보니, 대환은 없고 깔끔하게 정돈된 이부자리만 있었다. 사 년간의 공부를 접고 서대환의 매니저가 되겠다고 마음먹었는데 침대도 내줬는데, 고맙다는 말은커녕 간다는 말도 없이 사라졌다.

"엔터테인먼트 대표가 되는 꿈을 꿨는데, 이게 뭐람. 말도 못 꺼내 보고……. 서대환 매니저를 꼭 해 봐야겠는데.

이를 어쩐다?"

한웅이 오전 내내 깨진 꿈에 아쉬움의 군불을 지피고 있을 때였다. 핸드폰 벨 소리가 조용한 고시원을 뒤흔들었다. 예의도 없게시리, 누구야? 짜증과 신경질이 묻어나는 말들이 여기저기서 날아들었다.

아차차. 한웅은 서둘러 벨을 무음으로 돌렸다. 액정을 보니 저장되지 않은 번호다. 보나 마나 물건 구매 요청이거나 설문이거나 보이스피싱 중 하나겠지. 한웅은 무시했다. 전화는 끊기나 싶더니 다시 걸려 왔다. 혹시나 해서 핸드폰을 받았다.

— 한웅 씨? 나야, 서대환. ……왜 아무 말이 없어? 내 전화가 반갑지 않은 모양이네.

"전화는 왜 해요? 기껏 힘들게 데려다가 재워 줬더니만, 간다는 말도 없이 가 놓고는……. 제 번호는 또 어떻게 알았어요?"

한웅은 반가우면서도 괜히 툴툴댄다.

— 자다 일어났는데, 내 침대가 아니지 뭐야. 어찌나 미안하던지 한웅 씨 전화번호만 훔쳐서 후딱 나왔지. 페이스 암호라 푸는 건 어렵지 않았어. 암튼, 그건 그렇고. 시간 괜찮으면 우리 좀 만날까?

"지, 지금요?"

― 말 나온 김에 지금 보지 뭐. 우리가 만난 그 편의점에서 보자고. 공부하느라 바쁜데 내가 방해하는 건 아닌가 몰라.

"전혀! 전혀요!"

머릿속에 딴생각만 가득하니 이번 시험도 글렀다. 한웅은 대환의 전화 한 통에 서운한 마음이 봄눈 녹듯이 녹았다. 약속한 시간까지 시간은 참으로 더디게 갔다. 먼저 나가서 기다릴까 했지만 괜한 자존심에 튕기듯 늦게 나갔다.

도착해서 보니, 대환이 편의점 메뉴로 만찬을 꾸리고 있었다. 무슨 일이래? 왜 이렇게 기분이 좋은 거야. 한웅은 내리뜬 눈길로 핫바를 뜯는 대환을 바라봤다.

"늦었네. 어서, 앉아."

"이게 다 뭐예요?"

"나 캐스팅됐거든. 그것도 봉 감독님 영화에! 흐흐흐. 흐흐흐. 나한테 이런 날이 올 줄이야. 한웅 씨, 여기 좀 꼬집어 봐. 아얏! 겁나 아프다. 꿈이 아니네. 흐흐흐. 흐흐흐. 무려, 주, 주인공 이로 역할이래."

대환이 우는지 웃는지 모를 소리를 내더니 덥석 한웅을 포옹했다. 배우의 꿈은 접어야겠다고 고주망태가 된 게 불과 하루 전인데. 탈락은 숱하게 경험해도 잘 적응되지 않는 그 무엇이다. 맷집이 생기지도 않았다. 매번 고통스럽고 절망스럽고 또 죽고 싶었다. 주인공에 캐스팅됐다는 말도 적응이 안 되긴 마찬가지였다.

"정말이에요? 아저씨 얼굴 보니까 실화 다큐 맞네. 진짜 축하해요, 아저씨!"

"끝까지 남는 자가 결국 승리하는 거라고 했나? 전화 한 통에 내 마음이 이렇게 달라질 줄이야. 봉 감독님 영화에 출연하는 것만도 감지덕지한데 주인공? 으으으윽. 나 지금, 너무 좋아. 이거 보여? 여기 살 떨리는 거?"

대환이 오래전에 출연한 독립영화 《택배, 택배》를 봉 감독이 봤다는 것은 그야말로 기적에 가까웠다. 누가 대학생들의 졸업작품을 챙겨 본단 말인가. 진짜 기적은 이제부터였다. 그 영화에 나온 대환의 연기를 보고 그가 저 배우는 마음까지 연기하는 사람이라고 칭찬을 아끼지 않았다는 거다. 투자자들은 이름 있는 배우가 캐스팅되길 원했지만, 감독은 서대환을 주인공으로 낙점했다. 《빈티지한 것들을 위하여》의 수집인 '이로' 역에는 '서대환'이 제격이라고 투자자들을 설득하느라 연락이 늦었다는 것이 감독의 전언이었다.

"천사가 된 택배원의 삶에서 인간의 진정성, 아니 서대환 배우의 진정성을 봤다는 말을 듣는데, 내 얼굴이 어찌나 뜨겁게 달아오르던지, 한웅 씨도 한번 만져 봐. 아직도 내 얼굴이 온돌처럼 뜨겁거든."

대환은 한웅의 손을 끌어다 자신의 뺨에 갖다 댔다.

"아저씨, 실은 나 고백할 게 있는데……."

지금이 기회다. 서대환의 매니저가 되겠다고 결심했다. 이번 캐스팅과는 전혀 상관없는 일이다. 한웅은 혹시라도 오해할까 봐 조심스럽게 운을 뗐다.

"고백? 그럼, 그 아저씨 소리는 빼고 해 주라. 한웅 씨가 자꾸 아저씨, 아저씨 하니까 내가 엄청나게 늙은 것 같단 말이지. 나이가 좀 있긴 하지만 나 신인배우나 마찬가지라고."

"알았어요, 형!"

"형? 그거, 참 듣기 좋네. 무슨 고백인지 해 봐, 어서."

대환의 뺨은 여전히 뜨거웠다.

"저요, 형 매니저 하고 싶어요. 진짜 열심히 할게요. 아니, 잘할 자신 있어요. 제발 제 배우님이 되어 주세요. 네?"

나는 서대환의 매니저가 되고 싶다. 월급은 주지 않아도 된다. 형이 나를 고용하는 게 아니라 내가 서대환이란 배우의 필모그래피를 만들어 줄 것이다. 서대환은 곧 이 한웅의 꿈이다, 라고 간밤의 계획을 숨도 안 쉬고 고스란히 전했다.

한웅의 말을 들은 대환은 정지 화면처럼 한참을 가만히 있었다. 그러다 어렵게 입을 뗐다.

"내가 한웅 씨한테 했던 얘기들, 그냥 막연한 꿈이야. 현실이 되지 않을 수도 있어. 내 생각엔 지금 하는 공부, 계속하는 게 좋지 않을까?"

대환은 조심스러웠다. 자신이야 돌이키기 힘든 순간까지 왔다. 배우가 아니면 하고 싶은 것도 없다. 한웅은 아니잖은가. 남들처럼 살 기회가 있다. 자신의 매니저가 되겠다는 것은 그 모두를 포기해야 하는 일이었다.

"미래를 누가 장담할 수 있겠어요. 서대환 배우를 영입하는 것으로 내 사업을 한번 일으켜 보고 싶어요. 사실 공무원은 내 적성이 아닌걸요. 처음부터 뜻도 없었어요. 형을 만나고서야 깨달았어요. 형 곁에서라면 나도 반짝반짝할 수 있겠구나. 내 배우 해 줘요, 으응?"

대환은 난감했다. 그러자고 하면, 자신이 들었던 숱한 말을 이제 한웅이 듣게 될지도 모를 일이었다. 재능만 있고 운이 없는, 아니 재능이 있는지 없는지도 모를 배우를 데리고 뭘 하겠다는 거냐고. 네 인생을 왜 다른 사람한테 바치냐고. 대환이 배우로 승승장구한다는 보장도 없고, 한웅의 앞날 역시 가시밭길이 되지 않는다고 누가 장담할 수 있단 말인가.

"암튼, 난 결정했어요. 자신의 선택에 확신만 갖고 가는 사람은 없어요. 실패하더라도 해 봐야겠으니까, 그래야 원이 남지 않을 테니까 하는 거죠. 불안한 미래가 두렵기도 하지만 형과 같이 일할 생각을 하면 벌써부터 심장이 막 두근대서 그냥 있을 수가 없다니까. 그동안의 나는 뜻도 없이 공무원이 되겠다는 허튼 꿈을 꿨어요. 남들 시선에 떠밀려서. 그것도 내가 선택한 것이라 변명은 못 하겠지만, 서대환의 매니저는 달라요. 형과 함께 가는 길이 자갈밭이 될지 시궁창이 될지 모르겠으나, 나 지금 되게 신나고 되게 설레요."

"매일 컵라면만 먹을지도 모르는데?"

"종류는 많으니까 매일 돌아가면서 먹죠, 뭐. 내가 형을, 아니 나를 일으켜 세울 수 있을지, 나도 형처럼 내 인생을 한번 걸어 볼 참이야."

한웅은 대환의 손을 가져다 자신의 가슴에 얹었다. 대환의 뜨거운 얼굴만큼이나 한웅의 벅찬 심장이 거기에 있었다.

"한 번뿐인 내 인생의 오디션은 내가 준비할 거예요. 이 벅찬 가슴이 있는 한 충분히 가치 있는 일이 될 거라고 믿어요. 또 알아요, 내가 멋지게 해낼지. 그렇게 된다면 그건 형 덕분이고."

"아, 모르겠다! 그래 너, 내 매니저 해라. 월급은 박할 거야. 마이너스가 될 수도 있어?"

"그런 걸 왜 형이 걱정해요! 서대환은 내가 영입한 첫 번째 배우고, 일을 물어오는 것도 지금부터 제가 다 알아서 할 겁니다. 계약서는 차차 꾸리도록 하고, 이제 우리의 편의점 결의를 다지도록 합시다! 다음부턴 형 대신 내가 만찬을 준비할게요."

한웅이 선택한 인생에 오디션은 없었다. 누구보다 절실할 실전만이 기다리고 있었다. 그들의 앞날에 어떤 일이 있을지 알 수 없지만, 대환과 한웅은 맥주 캔을 높이 들고 건배했다.

"내가 시나리오 받아 왔는데, 한번 볼래?"

"어떤 스토리인데요?"

한웅의 눈빛이 반짝거린다.

"우리 같은 사람, 아니 만물의 이야기? 지구상의 모든 만물에겐 각자의 소명이 있는데, 그걸 다하지 못한 만물을 돕기 위해 생긴 중고가게를 중심으로 벌어지는 신기하고 신비로운 힘에 얽힌 이야기지."

대환이 시나리오를 테이블 위에 꺼내 놓았다. 한웅은 이 장면을 어디선가 본 것 같은 기시감에 사로잡혔다. 표지 상단엔 '이로 역: 서대환 배우님께'가, 표지 중앙엔 《빈티지한 것들을 위하여》란 글자가 용트림을 하는 듯했다.

협약 인생

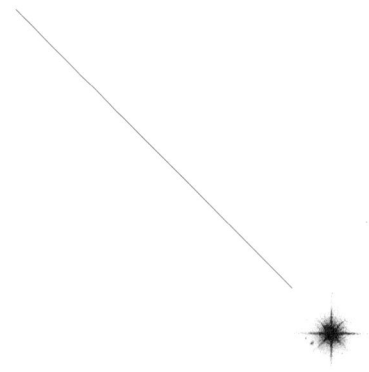

제나는 눈부신 태양을 향해 가듯 주행 중이었다. 서울 강남의 어느 도로. 제나는 다른 차들과 뒤섞여 앞을 향해 나아가고 있었다. 도롯가에서는 순백의 웨딩드레스를 입은 여자가 드레스 자락을 휘날리며 뛰고 있었다. 이건 또 무슨 광경이지? 제나는 속도를 늦췄다.

한껏 차려입은 한 무리의 사람들, 아마도 하객일 것이 분명한 이들이 신부를 뒤쫓아 또 달렸다. 지영은 맨발에 밟히는 드레스 앞자락을 둘둘 말아 쥐었다.

오월의 마지막 날이자 토요일 오후 두 시 십일 분에 일어난 일이었다. 웨딩 로드에 있어야 할 신부 같은데 말이다. 지영의 돌발 행동에 한 무리의 사람들이 신부를 쫓고, 도로 위의 차주들은 호기심에 주춤주춤했다.

아이고, 신부가 맨발로 도망가다니, 이게 다 뭔 일이래. 저러다 교통사고라도 나는 거 아닌가. 사기 결혼이 뽀록이 났나. 숨겨 둔 애인이 식장에 나타나기라도 했나. 그런 거면 둘이서 도망쳐야 맞는 거 아닌가. 빚쟁이들이 들이닥쳤나.

경사스러운 날의 주인공인 신부가 예식장을 박차고 나왔으니 뒤숭숭한 말들이 흘러나오는 것은 당연했다. 설왕설래하는 구경꾼들의 눈에 신부의 도주는 불순하고 또 불경해 보였다. 어찌 되었든 신부와 하객들의 쫓고 쫓기는 한낮의 추격전에 행인들은 목을 길게 빼고 구경했다.

건널목의 초록 등이 빨간 등으로 넘어가기 직전이었다. 점멸하는 신호등에 지영은 몸도 마음도 분주했다. 평소라면 느긋하게 다음 신호를 기다렸을 테지만 지금은 교통법규에 순순히 응할 때가 아니었다.

웨딩 로드가 놓인 홀 앞에서 등 돌린 순간에 지영의 돌이킬 수 없는 도주가 시작되었다. 식장에 들어갈 용기가 도저히 나지 않았다. 아무리 생각해도 이건 아니지 않은가. 지영은 지체하지 않았다. 웨딩 로드 끝에서 기다리고 있을 완희에 대한 생각도 떨쳤다.

뒤늦게 입실한 하객들은 신부가 긴장해서 화장실 용무가 급한 거겠지, 했다. 웨딩 로드 앞에서 도망치는 신부를 누구도 상상하지 못했다. 구두를 벗어 던진 지영이 예식장 밖으로 뛰쳐나가는 것을 보고서야 심상치 않은 사태가 벌어졌음을 알았다.

거리로 나온 지영은 그제야 숨통이 좀 트였다. 그래서 더 망설이지 않았다. 신랑 측 혼주와 신부의 하객들이 바짝 뒤따라오고 있으니 무조건 직진해야 했다. 지영이 건널목에 발을 내딛자마자 신호가 빨간색으로 바뀌었다.

도로의 운전자들이 지영과 그 뒤의 무리를 떼놓기라도 하듯 경적을 울리며 지나갔다. 도로는 삽시간에 아수라장이 됐다. 신부를 뒤쫓던 무리가 달리는 차들에 막혀 발만 동동 구른 것은 그나마 다행이었다. 그들까지 합세했다면 도로는 더 큰 혼란을 맞았을 것이다.

"우리 집안을 뭘로 보고, 괘씸한 것!"

미색 저고리에 청색 치마를 입은 신랑의 어머니가 혀를 찼다.

예식장을 뛰쳐나온 지영은 도로 중앙선에 갇혀 이러지도 저러지도 못하고 있었다. 택시라도 보이면 좋으련만. 곧

경에 처한 지영에게 친절을 베푸는 차는 없었다. 다들 황당하다는 표정으로 구경만 할 뿐이었다.

제나는 지영을 향해 문을 열었다. 신호등이 다시 초록색으로 바뀌려던 찰나였다. 지영은 고민할 틈도 없이 냉큼 차에 올라탔다. 웨딩드레스 자락을 수습해 차 안에 들이는 동안 지영을 쫓던 무리가 달려들었다. 지영은 드레스의 마지막 자락을 있는 힘껏 차 안으로 끌어당겼다.

제나는 앞서 달려온 누군가의 손이 닿을락 말락 하기 직전에 차 문을 닫고 출발했다. 지영은 창문을 사이에 두고 예비 시어머니와 눈이 딱 마주쳤지만 이내 멀어졌다. 쫓아오던 이들이 보이지 않게 된 후에야 의자에 등을 기댄 채 한시름 놓았다.

"후우. 이제 좀 살겠네."

지영은 자신이 동물원을 빠져나와 세간의 주목을 받았던 얼룩말 세로 같다는 생각이 들었다. 세로가 동물원을 나온 이유는 분분했다. 진실로 세로는 어떤 기분이었을까. 두려웠을까. 어쩌면 신났을지도. 웨딩 로드 앞에서 도망친 지영은 피로했다.

"어디로 모실까요, 손님?"

"제가 도망쳐 나온 웨딩홀이 아니면, 어디든요."

그 말을 하고 지친 지영은 그대로 단잠에 빠져들었다. 얼마나 잤을까. 푹 자고 일어난 것처럼 나른하게 기지개를 켰다.

"잘 잤습니까?"

지영은 덕분에 살았다는 말을 하고 싶었다. 한데 당연히 있을 줄 알았던 운전자가 없어서 순간 절규하는 뭉크가 됐다. 운전자도 없는 차에 탔다고? 그럼 운전은 누가? 나한테 말을 건 건? 하객들을 뒤로할 때보다 등골이 더 오싹했다. 소리 한 번 제대로 지르지 못한 채 맥없이 정신줄을 놓고 말았다.

지영이 정신을 차렸을 땐 다행히도 운전자가 곁에 있었다. 지영은 가슴을 쓸어내리며 말했다.

"그럼 그렇지. 그런 황당한 일을 벌이고도 내가 정상이길 바란다는 건 말이 안 되지. 별일 아니다, 괜찮다 하면서도 내가 저지른 일에 내심 스트레스가 심했었나 봐요. 이렇게 멀쩡히 계신데 제 눈이 순간 멀었던 거예요. 나도 참 계속 주절거리기나 하고, 죄송해요."

"갑자기 정신을 잃어서 당황했습니다. 괜찮다니 안심입니다. 저는 '라온제나'입니다. 제나라고 부르세요."

"이렇게 예쁜 택시 운전사는 처음이에요. 다정하게 이름까지 알려 주시고. 그런데 닉네임이죠?"

"닉네임? 그게 뭡니까?"

"하하하. 몰라서 묻는 건 아니죠? 순간 '라온'이란 성이 있나 했어요. 가만 생각하니 고어 사전에서 본 기억이 났어요. '즐겁다'는 뜻이죠, 라온은. '제나'는 나를 가리키는 말이니까, 즐거운 나? 그거야말로 인간의 궁극이네요. 부모님이 지어 주신 이름인가요? 인생을 아는 멋진 분일 것 같아요. 낭만적이기도 하고⋯⋯."

제나는 자신의 이름에 그런 뜻이 있다는 사실을 이제야 알았다. 인간의 부모와 다름없는 존재가 제나에게도 있을 것이다. 자신을 만든 개발자 G? 라온제나라는 이름도 그가 지었을 것이다. 그럼에도 2059년의 일들에 관해서는 빅뱅의 순간에 빛처럼 하얗게 변해 버렸다.

그래도 인공지능 나노봇 고유명 '라온제나'와 로봇이 지켜야 할 제1 지침만은 남아 있었다. 이해할 수 없는 건 고덕시의 지도가 있어야 할 제나의 그곳에 인간의 인생 데이터가 대량으로 축적되어 있다는 점이다. 그 때문인지도 모를 일이다. 나노봇 제나에게는 없어도 그만인 정보만 있어서 고덕시에서 쓰이지 못하고 이곳으로 방출된 것인지도.

카봇의 역할을 제나에게 줬으면서 개발자 G는 왜 고덕

시의 지도를 주지 않은 걸까. 단순한 실수였을까, 아니면 의도적인 것이었을까. 제나는 알 수 없다. 하지만 2025년의 서울에 떨어진 지금은 인간 데이터가 매우 유용했다. 손님과의 유대감을 형성하는 데 쓸모가 있기 때문이었다. 무엇보다 도로 대신 손님의 인생 숲을 누비는 일이 '인간이 우선'이라는 로봇의 제1 지침을 이행하는 일일 수도 있다고 여겼다.

"창문을 여는 게 좋겠어요. 바람을 좀 쐬게."

지영은 도망친 신부답지 않게 쾌활했다. 사정을 모르면 영락없이 오늘 결혼하러 가는 신부라 할 것이었다.

"가고 싶은 곳이 있을까요?"

창문을 연 제나가 물었다. 그 순간, 지영의 얼굴에서 웃음기가 사라졌다. 어디로 가야 좋을지 알 수 없어 막막했다. 웨딩드레스 차림으로 아무 곳이나 다닐 수도 없다. 오늘, 결혼식을 망쳤으니 비싼 인생 수업료를 치르게 될 것이다. 거기에 비하면 택시비를 좀 더 없는다고 타격을 입을 일도 아니었다.

지영은 마음을 굳혔다.

"제나 기사님의 오후를 제게 주세요. 이런 차림으론 아무 데도 갈 수 없으니까……. 앞으로 어떻게 할지, 생각을 정리할 시간이 필요해요. 그동안 같이 있어 주면 좋겠어요.
비용은 당연히 낼 거예요. 팁은 별도로 하고요."

제나에겐 인간의 돈이 필요 없었다. 하지만 같이 있어 달
라는 제안은 받아들였다. 인간에게 도움을 주기 위해 탄생
했으니까. 제나는 꽉 막힌 서울 시내를 벗어나 길게 쭉 뻗
은 공항도로를 향해 달렸다.

그사이 지영은 생각에 잠겼다. 예정대로라면 식을 마치
고 한창 피로연을 즐기고 있을 시간이다. 신부 입장을 앞두
고 돌아서지만 않았다면, 신부대기실에 들어온 시할머니가
당장 아이 셋이 필요하다고 하지 않았다면, 그 말을 자신이
듣지 못했다면…….

"무슨 일인지, 물어봐도 되겠습니까?"

제나가 지영을 현실로 불러들였다.

"충동적인 일을 저질렀다고 핀잔할 거면 관두고요. 저도
제 행동이 옳다고만 보진 않으니까. 그 많은 사람을 초대해
놓고 간 크게도 일을 저지른 거죠. 부모님 얼굴 볼 생각하
면 벌써 오금이 저리는걸요. 신랑이야 저한테 솔직하게 말
하지 않은 벌을 받는 거니까 감내할 테고……."

지영은 쓴웃음을 지었다. 자신의 결혼에 자신만 모르는
흑막이 있을 줄은 몰랐다. 결혼하면 당장 아이를 가져야 한

다. 힘닿는 대로 아이를 쑥쑥 낳아야 한다. 신부대기실에서 그 말을 들어야 하는 지영이 고작 스물한 살인 것을 생각하면 참, 답 안 나오는 상황이었다. 지영은 낯부끄럽기도 해서 조용히 흘려들었다. 시할머니가 옛날 사람이라 고리타분한 말을 한다고 넘겼다.

지영이 마음을 고쳐먹은 결정타는 따로 있었다. 아이 운운할 때만 해도 그런가 보다 했다. 아이 셋을 낳아야만 내 귀한 손주가 군대에 안 간다. 지영의 남편이 될 완희가 서른 전에 아이 셋의 아버지가 되어야 한다는 말이 이어졌다.

지영도 듣기는 했다. 인구 절벽이 심각하다 보니 자녀가 셋 이상이면 병역 면제 조건이 된다는 것을. 그 말을 누군가로부터 들을 때는 웃어넘겼지만 지금은 그럴 수 없었다. 완희가 세 아이의 아빠가 되는 동안 스물한 살인 자신의 앞날이 어떨지가 눈앞에 그려졌다.

그것이 단순한 덕담이 아니라는 걸 깨달은 지영은 얼굴이 하얗게 질릴 수밖에 없었다. 머릿속으로 천둥 번개가 스쳐 갔다. 완희에 대한 마음을 의심해 본 적 없지만 감당하기 버거웠다. 그런 이야기가 결혼식 당일에 왜 갑자기 터져나와야 했는지도 이해되지 않았다. 당장 학교도 다녀야 하고 대학을 졸업하면 하고 싶은 일도 줄줄이 놓였는데…….

지영이 네 살 위의 완희를 처음 만난 것은 중학생일 때였다. 완희 아버지가 운영하는 회사에 지영의 아버지가 취직을 하면서였다. 완희의 아버지는 직원 네 명으로 시작한 회사를 이십 년 만에 직원 이백 명이 넘는 중견기업으로 성장시켰다. 삼대독자인 완희는 어릴 때부터 물류사업에 관한 부친의 비전을 가까이서 듣고 보며 자랐다. 대학생이 되고부터는 학교에 있는 시간을 제외하고는 모두 아버지의 회사에서 보냈다.

그는 완희가 하루라도 빨리 회사의 요직을 맡아 주기를 바랐다. 오십 가까이에 얻은 늦둥이 아들이라는 점도 큰 이유였다. 완희가 유학과 군복무를 마치려면 육 년은 더 필요했다. 그럼 그의 나이는 여든에 가깝다. 빨리 결혼시켜 유학 보낸 다음, 그동안 아이 셋을 낳게 하자는 계획은 거기서 나왔다. 완희가 유학을 마치고 세 명의 자녀와 돌아온다면 일석이조 아니, 삼조, 사조였다.

완희의 짝으로 지영이 물망에 오른 건 의외였다. 중학생 때부터 아버지 회사 행사에 종종 참석했지만 둘은 아는 오빠 동생 사이일 뿐이었다. 성실하고 다정한 그를 조금은 좋아했을지도 모르지만 어디까지나 가벼운 것이었다. 그것뿐이었는데, 지영도 모르는 사이에 양가 어른들 사이에선 둘을 맺어 주자는 말이 오갔다. 지영은 나중에서야 완희가 내심 자신을 좋아했다는 말을 건너 들었다.

지영에게 결혼은 당연히 계획에 없던 일이었다. 완희와 우연히 마주치는 순간들이 이상하게 늘어 갔다. 스물한 살 생일을 앞두고는 더 자주. 그때만 해도 무심히 넘겼다. "네 생일에 완희를 초대할까 하는데, 어때?" 집안끼리 왕래가 잦았으니 고민하지 않았다. "좋으실 대로 하세요."

문제는 지영의 생일에 나타난 완희의 옷차림이었다. 평소와 달리 말끔하게 빗어 올린 헤어스타일에 새로 산 듯한 양복. 거기에 더해 분홍색 장미가 가득한 꽃다발을 든 완희는 진실로 별스러웠다. 누구보다 스스로가 어색해서 어쩔 줄 몰라 하는 게 역력했다.

감정이 태어나는 순간은 참으로 오묘했다. 완희에 대한 지영의 마음이 그때 순간적으로 생겨났으니 말이다. 어쩔 줄 몰라 쩔쩔매는 수줍은 소년의 모습을 발견한 때에.

지영은 사랑이란 감정이 번갯불에 콩 구워 먹듯이 생기기도 한다는 걸 그때 알았다. 그냥 알던 남자가 이렇게 나의 연인이 되는구나. 식사가 끝나고 지영은 아버지의 권유로 완희의 배웅에 나섰다.

주차장으로 가는 엘리베이터에는 지영과 완희, 둘뿐이었

다. 밀폐된 공간, 사랑이 넘치는 완희의 눈빛에 지영은 가슴이 두근거렸다. 뺨이 발그레하게 달아올랐다. 완희의 기습적인 입맞춤. 그리고 지영은 보았다. 꽃다발을 들고 수줍게 미소 짓던 완희와는 또 다른 완희가 거기에 있었다.

"너무 예뻐서 나도 모르게 그만……. 기분 나빴다면, 미안."

엘리베이터 문이 열리고 다른 누군가가 나타났다면 어땠을까. 다시 이성을 되찾고 요동치던 마음도 자연스레 꺾였을까. 그런 일은 일어나지 않았다. 두 사람은 곧 사귀는 사이로 발전했다.

완희의 청혼을 받은 날은 심란했다. 너무 갑작스럽기도 해서 지영은 생각할 시간이 필요했다. 완희를 좋아하는 건 맞다. 사랑이란 게 있다면 이런 거겠지. 독신으로 살 생각이 아니라면 이른 결혼이 좋을지도 모른다. 이 사람 저 사람 만나며 나와 잘 맞는지, 사랑할 수 있는 사람인지 알아보기 위해 들이는 시간과 노력을 낭비하지 않아도 되니까.

결혼은 부모님 말고도 든든한 내 편이 하나 더 생기는 일이다. 서로의 미래를 함께 만들어 갈 수 있다. 지영은 스물한 살에 해야만 하는 결혼의 장점만 생각했다. 그리고 고심 끝에 마음을 굳혔다. 아버지의 전폭적인 지지도 한몫

했다.

"겨울방학 동안 거의 매일 만났어요. 한철이었지만 오빠를 만나면서 이 사람이라면 평생 같이 살아도 괜찮겠다 싶었어요. 결혼할 마음도 그래서 먹었지만……. 아빠는 무조건 찬성했고, 엄마는 진지하게 생각한 거냐고 했고, 친구들은 반대했어요. 입시에 치여 놀지도 못하고 대학생이 됐는데 한창 즐길 나이에 무슨 족쇄냐고…… 다시 생각하라고요. 그 와중에 생각지도 못한 유학 얘기가 나오면서 제 마음도 흔들리기 시작했어요. 이게 뭔가 싶었거든요. 공부를 오래 하고 싶은 마음은 없었지만 오빠는 꼭 유학해야한다니 기다리겠다고, 오빠의 꿈이라면 응원하겠다고. 나도 결혼이 급하진 않았으니까. 근데 그 뒤로 유학에 관한 말은 쏙 들어가고 결혼 준비가 진행됐죠. 저는 제가 결혼을 선택했다고 생각했는데 아니었어요. 저 모르게 진행되는 얘기가 따로 있었던 거예요."

지영은 신부대기실을 찾은 시어머니가 축하한다는 말을 신혼여행에서 허니문 베이비와 함께 돌아와야 한다는 말로 대신할 때도 심각성을 깨닫지 못했다.

사달은 그다음에 벌어졌다. 시아버지와 같이 신부대기실을 찾은 시할머니가 또 아이 타령을 하면서. 우리 완희, 서른 살이 되기 전에 아이 셋 딸린 아빠로 만들어 줘야 한다. 유학 중에 낳으면 미국 시민권자가 되는 거니 얼마나 좋은 일이냐고.

"우리 어머님, 우물가에서 숭늉 찾게 생기셨네." 당황한 시아버지가 속사포로 말을 쏟아 내는 시할머니의 어깨를 급히 돌려세웠다. 그만 나가자는 시아버지의 말에도 시할머니는 하고 싶은 말을 마저 했다. "찾을 만하니 찾는 거지. 유학 가 있는 동안 아이 셋 낳아 오면 우리 손주 며느리를 여왕처럼 모시마." 시아버지는 못 들은 것으로 하라며 시할머니와 함께 신부대기실을 부랴부랴 나갔다.

유학 간 완희가 혼자서 애를 낳아 돌아올 리는 없었다. 지영은 그제야 확실히 깨달았다. 그들의 결혼이 삼대독자 완희의 유학 기간 내 자녀 셋 만들기 프로젝트임을. 그들의 바람이 이뤄진다면 지영은 완희의 유학 기간에 임신과 출산을 반복하며 연년생 아이 셋을 돌보는 일로 이십 대를 다 보내야 한다.

아이 셋! 그중 한 명은 아들이어야 할 것이다. 만약 셋 다 딸이면 넷째를 낳으라는 압력을 받을 것이 분명했다. 스물한 살의 지영에겐 이해 안 되는 일투성이였다. 결혼식장에 들어가기 직전에라도 깨달아서 다행이라고 해야 할까.

지영은 도저히 웨딩홀 안으로 들어갈 엄두가 나지 않았다. "죄송해요, 아빠!" 지영은 신부 입장을 준비 중인 아버지의 손을 놓았다. 그 길로 도망쳐 나왔다.

지영의 앞날은 제나의 메모리 데이터에 모두 나와 있었다. 하지만 그것으로 지영에 대해 다 안다고 하기엔 무언가 부족했다. 지영의 얘기를 듣고만 있던 제나가 물었다.

"그러셨군요. 그럼 이제 어떻게 할 계획입니까?"

"그러게요. 뭘 어떻게 해야 할까요?"

대책은 처음부터 없었다. 이른 결혼으로 인생의 반려자를 찾는 데 들이는 시간을 허비하지 않아도 되겠다고 생각한 것부터가 섣부른 판단이었다. 같은 여자로서 조언하는데 결혼은 아무리 신중해도 부족하다는 엄마 말을 좀 더 새겨들었어야 했나 보다. 내 결혼이다. 후회는 안 한다. 나는 엄마와 다르다고 장담했던 지영은 뒤늦게 후회막급이다.

"결혼은 성인남녀가 한집에 살면서 두 사람의 2세를 낳아 키우는 일이죠. 시간을 아끼기 위해 아이를 빨리 낳는 게 문제가 될 것은 없지 않습니까? 게다가 출산은 인간의 멸종을 늦추는 바람직한 행위고요."

"제나 씨는 참 비현실적으로 생겼는데, 말은 진짜 현실적이네요. 하기야 요즘 신생아 수가 줄어서 인구 절벽이란 말도 생겼죠. 그렇다고 아이를 안 낳겠다는 사람들을 뭐라 할 수 있는 것도 아니고, 아이를 낳아도 키우기 힘든 세상이 된 건 아닌가 싶기도 하고요. 다들 자신만 챙기는 위태로운 사회처럼도 보이고……. 암튼, 좀 그렇네요."

지영은 또래보다 생각이 깊었다.

"국가가 나서서 전적으로 아이를 돌보는 때가 오면 임신과 출산은 아니더라도 양육에서만큼은 여성들이 보다 자유로워질 겁니다."

제나는 인간 사회가 어떻게 변할지 알고 있다. 자료를 찾는 데는 몇 초면 된다. 하지만 2059년 이후의 인간 사회에 대해 질문한다면 대답해 줄 수 없다. 인간에 대한 제나의 데이터는 거기까지였다.

"당장도 모르겠는데, 몇십 년 후의 일을 알게 뭐예요."

"손님의 십 년 후를 볼 수 있다면요?"

불가능한 일이라는 것을 알아서였을까. 지영의 "글쎄요"는 시큰둥했다. 청혼을 받았던 때로 돌아가면 다른 선택을 할 거냐는 물음에도 시큰둥했다.

"그때로 돌아가면 지금의 상황을 피할 수 있을까요?"

친구의 부탁으로 신당에 동행한 적이 있었다. 헤어진 남자친구를 돌아오게 할 방법을 알고자 찾은 곳이었다. 친구는 곧 새 남자가 나타난다는 신녀의 말에도 그가 돌아오게 할 방법만 집요하게 물었다. 신녀는 친구가 원하는 말을 끝내 해 주지 않았다. 신당을 나온 친구는 신기 떨어진 엉터리라고 있는 대로 막말을 해댔다. 친구는 실연의 상처를 흘리고 다녔다. 그리고 곧 새 연애를 시작했다. 옛 연인이 돌아오게 해 달라던 친구는 언제 그랬냐는 듯 전 남자친구를 지웠다.

지나간 일을 돌이키거나 미래를 알면 당장은 좋을지 모른다. 하지만 지나간 일은 지나간 대로 두어야 한다. 미래도 마찬가지였다. 미리 본 미래가 불운하면 어쩔 것인가. 인간은 자신의 미래를 모르기 때문에 노력한다. 내일의 꿈을 꾸면서.

시간을 거슬러 바꿀 수 있는 현재나 미래는 없다. 뭔가를 바로잡기 원한다면, 내일이 달라지기를 바란다면 오늘, 지금부터여야 했다. 지영의 생각은 그랬다.

"영화나 소설에 타임 점프나 루프 이야기가 많은 건 말이죠. 그것이 불가능하다는 걸 보여 주기 위해서예요. 과거로부터 쌓아 온 시간 덕분에 내가 존재하는 거니까. 뭔가 달라져야 한다면, 무엇을 바꾸고 싶다면, 그건 지금의 내가 현재에서 해야 할 일인 거예요."

"그래서 이제 어디로 갈 겁니까?"

제나는 지영의 결정을 확인해야 했다.

"제가 뛰쳐나왔던 곳으로 가 주세요."

지영은 담담했다.

"시간이 한참 지났으니, 지금 가 봐야 아무도 없을 겁니다."

"그래야죠. 무슨 좋은 꼴을 보겠다고 파탄 난 결혼식장에 여태 있겠어요. 그러면 더 큰일이죠. 어쨌든 이 웨딩드레스, 빌린 거라서 오늘 중으로 반납해야 해요. 거추장스러운 이 옷부터 벗고, 그다음에 앞으로 내가 뭘 어떻게 할지 고민을 좀 해 봐야겠죠? 하객들 입방아나 손가락질은 피할 수 없을 테고, 부모님의 실망과 원망도 당연히 받아야 할 테고요. 뭐가 됐든 눈 똑바로 뜨고 마주하려고요. 어쩌겠어요, 결혼하겠다고 한 것도 결혼식장에서 도망친 것도 다 내가 다 저지른 일인데……."

무아경의 허탈함에 지영이 드레스만큼이나 하얀 치아를 드러내며 웃는다.

이럴 때 인간에게 필요한 말이 뭐였더라. 제나는 지영을 위한 말들을 찾는다. 대신 맞아 줄까요, 주변을 청소할까요, 곁에 있어 줄까요, 무엇을 할까요……. 제나는 맨발의 지영에게 들려줄 적절한 말을 찾지 못한 채 지영을 결혼식장 앞에 내려 주었다. 웨딩드레스 자락을 한 아름 어깨에 둘러멘 지영은 허리를 꼿꼿이 세우고 식장 건물을 향해 걸어 들어갔다. 도로를 질주해 생채기가 난 맨발로.

제나의 인간 데이터에 따르면 결혼은 인간의 중대사 중 하나다. 스물한 살은 결혼하기엔 어린 나이라지만 하객을 부르고 그 판을 엎었으니 수습이 간단한 게 아니다. 도망친 식장으로 다시 들어가는 지영은 그동안 제나가 만난 이들과는 또 달랐다.

지영은 호기심에서라도 타임루프를 원했어야 했다. 한데 생각을 정리할 만큼의 시간만 원했다. 제나가 데이터에서 '한지영'의 자료를 발췌한 것은 그래서였다. 지영은 2004년 12월 24일 출생해 2056년 3월 29일 사망했다. 백세시대 운운하는 때에 오십여 년의 생은 너무 짧았다.

그래도 제나가 지영의 인생을 쉽게 확인할 수 있었던 것은 그녀가 자신의 인생에 나름의 획을 그은 인생을 살아서였다. 명예로운 일을 했거나 유명인이거나 부를 이루었다거나 하는……. 예식장에서 도망친 지영은 누구의 딸, 누구의 아내, 누구의 엄마가 아닌 인간 한지영으로 굵고 짧은 생애를 살았다. 불의와 부당함에 맞서 끊임없이 사람들을 설득하고 자신의 신념을 실천하면서. 지영의 생애에서 제나의 이목을 끈 것은 '인공지능 로봇을 가족으로 들였다'는 부분이었다. 지영이 췌장암으로 시한부를 선고받았을 때 반려묘 앵두와 반려견 뭉치, 그리고 반려봇 태인이 곁에 있었다는 것을 보면, 지영은 끝까지 결혼하지 않은 모양이었다.

태어나는 생명에 높고 낮음이 어디 있고, 정상과 비정상이 어떻게 따로 있겠습니까. 이 땅에 왔다는 그 자체로 우리는 존엄한 존재입니다. 이 땅에 온 무수한 생명을 지켜내기 위해 모두 합심해야 합니다. 지금도 어디선가 남모르게 태어나고 있을 소중한 생명을 위해 우리가 그들의 손을 잡아 주어야 합니다.

— 한지영의 '2049년 세계 여성의 날' 기념 연설 중에서

신은 아이들에게 그 무엇도 원하지 않는다. 있다면 재림 예수를 자처하는 사이비 교주들일 것이다. 신이 진정으로 원하는 것이 있다면, 그것은 우리 스스로를 신앙하는 일이며 타인의 생명과 인권을 신앙하는 일일 것이다. 적어도 내 생각은 그렇다. 한 개인을 추앙하고 받드는 시대는 지나갔

다. 서로를 존엄하게 신앙하는 것이야말로 멸종해 가는 인간의 시대에 가장 필요한 진정한 종교가 아닐까 한다.

— 한지영의 '혼탁한 혼란의 시대' 칼럼 중에서

인공지능 제나가 지영의 말과 글을 온전히 이해한다는 것은 처음부터 불가능한 일이었다. 그럼에도 지영의 인생에 깃든 아이들과 새로운 생명에 대한 사랑만큼은 알 듯했다. 제나 안의 수많은 인생이 이런 용도로 데이터화되었던 걸까. 제나가 인간의 생을 더듬어 인간을 이해하는 것으로? 왜? 무엇 때문에? 적어도 타임루프를 거절한 인간의 행적을 살피는 용도가 아니라는 것만은 확실했다.

✖

결혼식 안내 화면은 그대로였다. 오늘 식이 더 있을 터인데 지영의 예식 안내가 그대로 있었다. 부부가 되는 첫출발을 파경의 그림자가 드리운 곳에서 하려는 사람이 어디 있겠어. 지영은 입술을 지그시 깨물었다.

홀엔 어두운 적막감만이 맴돌았다. 대리석 바닥의 냉기가 맨발을 타고 고드름처럼 몸으로 올라왔다.

웨딩플래너가 지영을 보고는 뛰어왔다.

"그렇지 않아도 언제 오시나, 기다렸어요."

한바탕 외유를 경험한 드레스는 꾀죄죄했다. 지영은 그늘진 얼굴에도 억지로 미소를 머금고 말했다.

"제 결혼식처럼 드레스도 엉망이네요. 변상할게요."

불발된 결혼식에 따른 손해는 지영의 부모가 고스란히 떠안을 것이다. 외동딸의 결혼을 위해 아낌없이 지원했는데……. 면목이 없지만 당장은 마음 쓰지 않기로 했다. 이런 일이 벌어지리라곤 예상하지 못했겠지만, 회사 대표의 삼대독자 아들 박완희의 병역 면제를 위한 결혼임을 아빠가 몰랐을 리 없다.

"저기, 신부님?"

웨딩플래너가 난처한 얼굴로 지영을 부른다.

"왜요?"

"신부대기실에 가 보셔야 할 것 같아요."

"그래요? ……알겠어요."

대답은 했지만 웨딩드레스부터 벗고 싶었다. 압정을 밟는 듯한 발바닥의 고통을 체감하며 지영은 피팅룸으로 향했다.

신혼여행을 위해 꾸린 캐리어가 보였다. 웨딩드레스를

벗던 지영은 순간 목울음이 울컥 올라왔다. 뭘 잘했다고!
울음을 삭이고는 웨딩드레스를 훌훌 벗어던졌다.

지영이 꺼내 입은 청바지와 티셔츠는 신혼여행지에서 입
으려던 커플룩이었다. 이젠 소용없게 되었지만. 지영은 상
처 나고 더러워진 발을 물티슈로 대충 닦고 운동화를 신
었다.

"혼나더라도 일단, 집으로 가야겠지."

지영은 캐리어를 끌며 피팅룸을 나섰다. 웨딩홀 정문을
나설 때에서야 신부대기실에 가 보라던 플래너의 말이 떠
올랐다. 하마터면 잊고 그냥 갈 뻔했다. 지영은 다시는 들어
가고 싶지 않은 신부대기실을 찾아 문을 두드렸다.

어떤 소리도 들려오지 않았다. 슬그머니 문을 연 순간,
가슴이 철렁했다. 완희가 정물처럼 그곳에 있었다. 지영이
앉았던 소파 난간에 한쪽 팔을 걸치고 대리석의 찬 바닥에
엉덩이를 붙인 채로.

"왜 여기 이러고 있어?"

"……갈 곳이 없어서. 길을 잃어버린 것도 같고. 모르겠
다, 나도. 내가 왜 여기 이러고 죽치고 앉아 있는지."

"……"

"오늘이 내 결혼식 날인데, 내 인생의 전환점이 될 날이

었는데, 축하받는 날이었는데……. 하객은 쑤군대고, 혼주는 죽상이고…… 이제야 생각나네, 널 보니까. 내가 왜 여기 이러고 있었는지. 원래는 웨딩 로드·끝에서 내 신부를 기다리고 있었거든. 아무리 기다려도 내 신부가 와야 말이지. 그러다 여기까지 왔지 신부대기실엔 흑시 있을까 해서. 근데, 없더라고. 그래서 또 기다렸지, 바보처럼. 아무리 기다려도 네가 안 오지 뭐야. 나 버려 두고, 어디 갔었어?"

충혈된 완희의 눈가에 눈물이 아롱지고 있었다.

"……미안해."

"왜 도망친 거야? 일가친척 다 불러 놓고, 갑자기 내가 싫어지기라도 한 거야? 내가 미워진 거야? 그래?"

"아니. 화가 나서 그랬어."

지영이 완희의 마음까지 헤아릴 정신은 없었다.

"화가 나? 왜?"

"내 인생인데, 이제 시작인 내 인생이 다른 사람들의 도구로 전락한 것 같아서 참을 수가 없었거든."

나무꾼은 선녀의 날개옷을 훔침으로써 선녀를 땅에 붙잡아 두었다. 선녀는 볼모 아닌 볼모가 되어 아이를 낳아야 했다. 아이 셋을 낳을 때까지 날개옷을 내주면 안 된다고 했지만, 나무꾼은 사슴과의 약속을 무시했다. 아이가 셋이 되기 전에 날개옷을 돌려줬다고 선녀가 기뻐했을까. 아니, 분노했을 것이다. 그렇지 않고서야 그 자리에서 날개옷으로 갈아입고 양팔에 아이 하나씩을 안고 하늘로 올라가지는 않았을 테니까.

나무꾼은 자신의 잘못이 무엇인지 깨달았을까. 날개옷을 너무 쉽게 내줬다는 것 말고. 나무꾼은 목욕하러 내려온 선녀를 만났을 때 진실을 말했어야 했다. 선녀에게도 생각하고 선택할 기회를 줬어야 했다. 그랬어야 마땅했다. 도둑질로 선녀를 궁지에 몰아넣을 게 아니라.

지영은 제 안의 분노를 스스로 추슬렀다. 이제 와서 왜 미리 말하지 않았냐고 완희를 탓하고 싶은 마음도 없었다. 오늘 일은 누가 뭐래도 지영 자신이 만들어 낸 결과물이었다.

"원망하고 싶으면 해. 오빠의 결혼식을 내가 망쳤어."

"네 결혼식이기도 해. 도망간 너를 기다리면서 내내 생각했어. 내가 뭘 잘못했을까. 아무리 생각해도 네가 왜 그랬는지 모르겠어서 정말 미치겠더라. 결혼이 싫었으면 미리 말하지 그랬어? 청첩장 돌리기 전에 아니, 어젯밤에만 말했어도 오늘 아침에만 이야기했어도 좋았잖아. 그랬으면 이 망신을 사려고 저 많은 사람을 불러 모았나 하는 자괴감은 안 들었을 텐데……."

지영은 완희의 원망을 온몸으로 고스란히 받아 냈다. 완희는 노여워했다가 자책했다가 미련을 떨었다가 감정의 선율을 종횡무진 누벼 가며 횡설수설했다. 지영을 올려다보며 마지막으로 한 말은 '예쁘다'였다. 그 말이 그토록 애잔하게 가슴에 부딪쳐 올 줄은 몰랐다.

"내가 밉지? 앞으로 결혼은커녕 연애도 제대로 못 하고 평생 혼자 외롭게 살라고 말해도 괜찮아. 아니, 그냥 나를 저주해."

"나, 자원입대할 거야."

"뭐?"

지영은 놀랐다.

"그동안 내 욕심만 챙긴 것 같아서. 널 좋아한 건 맞지만 내 마음에 의심이 없었던 건 아니거든. 내 인생에서 나도 한발 물러나 보려고, 뭐가 보이는지."

완희와 지영의 결혼 프로젝트는 그렇게 막을 내렸다. 영원히 돌아오지 않을 줄 알았던 신부를 봤으니 됐다며 완희는 자리를 털고 일어섰다. 신부대기실을 나가려는 완희를 지영이 가로막고 섰다.

"오빠, 우리 결혼 말고 다른 거 하면 어때?"

완희가 지영을 쳐다봤다.

"인생의 조력자? 서로의 인생에 도움 주는 관계. 예를 들면, 인생 협약 같은."

"다 망쳤는데 뭔 놈의 조력? 뭔 놈의 인생 협약?"

어떤 말들은 가슴에 가두어 두고 밖으로 꺼내지 않는 편이 나았다. 하지만 지영은 끝내 내뱉고 말았다.

"오빠는 진짜 아이 낳아 줄 여자가 필요했던 거야? 그래서 나랑 결혼하려고 했던 거야?"

"그러면 왜 안 되는데? 다들 그렇게 결혼해. 도망치고 싶어서, 헤어지기 싫어서, 같이 자려고, 안정을 얻으려고, 남들도 하니까……. 결혼에 꼭 거창한 이유가 있어야 하는 건 아니잖아."

완희는 삐딱했다. 연인의 목적지가 반드시 결혼은 아닐 것이다. 완희는 이미 헤어지는 쪽을 선택했다. 더 들을 말도 할 말도 없다는 듯이 돌아섰다. 서로의 앞날을 응원하고 지켜봐 주는 친구가 될 수도 있지 않을까. 하지만 완희는 찬바람만 남기고 지영의 눈앞에서 사라졌다.

누구의 잘못도 아니다. 일어날 일이 일어난 것뿐이다.

아홉 살 세호, 교장 세호

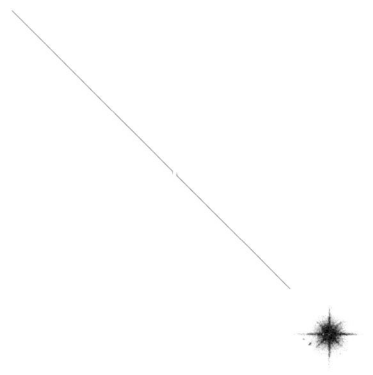

　　　　　눈앞에서 부모의 죽음을 목
격한 아홉 살 아이는 충격을 심하게 받았다. 하늘이 무너
지고 땅이 꺼져 버린 그곳에 세호는 얼이 빠진 채로 서 있
었다. 갑자기 서울로 떨어졌던 날의 제나 같기도 했다. 그래
서였을까. 제나는 아이를 태웠다.

"어디로 모실까요, 손님?"

세호는 멍했다. 방전된 휴대폰처럼 모든 것이 깜깜했다.

"……빛 ……빛이 안 보여요."

제나가 어둠의 터널로 진입한 순간이었다. 어둠이 빛으
로 변한 것은 그다음이었다. 그들은 2056년 5월 5일의 어느 인디 기숙학교 정문 앞에 도착했다. 이곳은 부모를 잃거나 부모가 있어도 제대로 보호받기 힘든 아이들이 다니는 공동체 학교였다. 세호는 터널의 경험이 너무나 강렬해서 자신이 부모를 잃었다는 사실을 잠시 잊었다.

원, 네모, 세모 등 다양한 도형으로 이루어진 원색의 건물들과 잔디가 깔린 운동장. 그곳에 고만고만한 아이들이 뛰어놀고 있었다. 다들 신나고 즐거워 보였다.

이방인 세호는 아이들을 멀뚱히 바라만 보고 있었다. 그때 중년의 남자가 외따로 있는 세호에게 다가왔다.

"이런 날에 왜 혼자야?"

"……다들 행복해 보여요."

"너도 그렇게 될 거야. 여긴 너 같은 아이들이 있는 곳이거든. 친구들을 만나러 가 볼까?"

"……."

처음 보는 아이였지만 어떻게 오게 됐냐고, 이 학교의 교장인 세호는 묻지 않았다. 인자한 얼굴로 세호의 눈가에 맺힌 눈물을 닦아 주었다. 그러고는 아이의 손을 잡고 다른 아이들이 있는 곳으로 향했다.

제나는 어린이날 축제가 한창인 운동장으로 들어가는 두 사람의 뒷모습을 보고 있었다. 잠시 후면 슬픔을 털어

낸 세호가 돌아오리라. 제나는 세호가 자신을 볼 수 있는 곳에서 기다릴 참이었다.

"남산타워요. 어서 가요."

놀라는 기색이 없는 걸 보니 무인 자동차를 많이 타 본 모양이다. 어디서? 어떻게? 그러다 제나는 깨달았다. 자신이 지금 2025년이 아니라 2056년에 와 있다는 것을. 그렇다면 놀라지 않는 게 당연했다. 도로의 차는 태반이 자율주행일 테니까.

인간의 말에 따라야 했지만 제나는 쉬이 떠날 수 없었다.

"왜 출발을 안 하지?"

손님의 혼잣말이었다. 2056년 5월 5일이다. 제나는 한 달 전에 이미 사망한 지영의 목소리를 인지했다.

"하필이면 오늘 같은 날에 술타령이냐고. 아이들과의 약속보다 더 중요한 게 어디 있다고……."

분명 지영이다. 얼굴도 제나가 사진에서 본 것과 똑같았다. 어떻게 살아 있지? 사과만 한 나노 볼이 차체에서 분리되어 나온 것은 그때였다. 나노 볼은 증식과 변형을 반복하더니 인간 나노봇 제나가 등장했다. 지영이 통화에 잠깐 정신 팔린 사이였다.

통화를 마친 지영이 어서 남산타워로 가자며 고개를 돌렸다.

"어, 당신은? 어디선가 봤는데…… 우리 구면 맞죠? 어디서였더라? 분명 아는 얼굴인데…… 라온제나!"

지영은 제나를 기억해 냈다. 방부제를 먹었나? 하나도 안 변했다. 지영은 제나가 반갑고 또 신기했다.

"어디 숨어 있다가 나온 거예요?"

"저야말로 궁금합니다. 어떻게 살아 계신 것인지?"

웨딩드레스 차림으로 도로를 질주하던 지영을 만난 게 불과 이틀 전이다. 지영의 남다른 행동에 그녀의 일대기를 데이터에서 확인했다. 뒤늦게 발견된 췌장암으로 2056년 3월 29일에 사망했다는 기사도.

"왜요? 누가 또 내가 죽었다고 소문이라도 냈나 보죠? 보시다시피 이렇게 멀쩡하게 살아 있어요."

쉰을 넘긴 나이에도 지영은 스물한 살 때와 다른 게 없었다.

"그럼, 내가 본 건 거짓 뉴스입니까?"

그 말에 지영이 웃음을 터뜨리고는 말해 주었다.

"꼭 그렇진 않아요. 항암치료가 어찌나 고통스러운지 진짜 죽고 싶더라고요. 죽었다 살아난 거나 다름없죠. 어떤 못된 인간이 내가 어서 죽기를 바라는 모양인가 본데 그들 뜻대로 안 되는 거죠. 암튼, 나 살아 있으니 그 엉터리 기사 좀 내려 달라고 했는데 아직도 돌아다니나 보네. 사람 목숨으로 장난질하는 사람들은 다 척결해야 하는데……. 앗! 잠깐만요. 지금 막 좋은 생각이 떠올랐어요."

지영이 남산타워로 막 출발하려는 제나를 제지했다.

"급하다고 하시지 않았나요?"

"그랬죠. 하지만 지금 내 앞에 제나가 있잖아요. 오늘 아이들과의 약속을 말도 없이 펑크 낸 불성실한 마술사 대신 나를 좀 도와주면 좋겠어요. 도와줄 거죠? 제나를 아이들한테 소개하고 싶어요. 다시 없을 최고의 선물이 될 거예요. 거절은, 제발요!"

지영의 머릿속엔 온통 아이들뿐이었다. 제나가 인간의 부탁을 거절하지 못한다는 사실을 모르는 지영은 간절한 눈빛으로 거듭 호소했다.

"그 전에 묻고 싶은 게 하나 있는데……."

"뭐죠?"

제나는 자신의 메모리 데이터에는 없는 것을 알고 싶었다. 지영이 자신과 헤어진 다음의 이야기를 말이다.

"난 또 뭐라고. 이렇게 젊은 제나가 내 구닥다리 얘기를 궁금해하다니. 제나를 만난 그날이 내 인생에 있어선 기로이자 전환점이긴 했죠. 만신창이 신부가 되어 웨딩드레스를 갈아입을 때만 해도 암담했어요. 담담하게 굴려고 애썼죠. 다 감당할 수 있다, 하고요. 근데 어둑한 신부대기실에 홀로 기다리고 있던 그 사람은 아니었어요. 충격이 컸는지 입대하겠다더라고요. 자원입대한다고 했을 땐 그냥 하는 소리라고 넘겼는데, 일주일쯤 지났을 때 그 사람 어머니한테서 연락이 왔어요. 당신 아들을 말려 달라면서. 그래서 내가 뭐라고 했게요? 오빠의 결정을 지지한다고 했다가 들을 소리 못 들을 소리 다 듣고……. 아무튼 시할머니는 신라 시조 박혁거세 후손인 밀양 박씨 삼대독자를 망치려 한다면서…… 후우. 하마터면 뺨까지 맞을 뻔했어요. 내쫓기는 바람에 다행히 그건 피했지만."

지영은 뭐가 그리 우스운지 내내 웃음 띤 얼굴을 했다.

홧김에 입대한 완희가 복무를 마칠 때까지 지영은 석 달에 한 번꼴로 면회를 갔다. 완희는 병 주고 약 주는 거냐며 핀잔했지만 또 오지 말라는 소리도 하지 않았다.

"간만에 오래전 얘기를 하는 것도 나쁘진 않네요. 철없던 시절의 감정이 새록새록 하기도 하고……. 근데, 지금 한가하게 과거 타령이나 하고 있을 때가 아닌데……."

아이들과 약속한 마술사와의 만남 시간이 다가오고 있었다. 아이들에게 제나를 소개하고 싶어 몸이 근질근질한 지영이 어서 아이들이 있는 곳으로 가자고 재촉했다.

"남산타워에 다녀올 시간 정도는 번 것 아닙니까?"

"그렇긴 한데 아이들이 좋아할 일을 늦출 이유가 없죠. 다들 마술사가 오길 기대하고 있을 테지만 제나가 아이들을 재밌게 해 주면 다 잊어버릴 거예요."

그때나 지금이나 지영은 변한 게 없어 보였다. 한번 마음먹은 것은 어떻게든 실행하고야 마는 고집 같은 신념이 있었다. 결혼도 하지 않고 수많은 아이의 대모가 된 데에는 그것이 한몫하지 않았을까.

제나는 함께 가자는 지영을 따라 교장 세호에게 갔다. 지영이 교장 세호와 긴한 대화를 나누는 동안에는 어린 세호의 곁에 있어 주었다.

마술사가 올 수 없게 됐다는 소식에 아이들은 실망을 금치 못했다.

"이런, 벌써 실망하긴 일러요. 어린이 여러분을 위해 우리의 대모님이 아주 특별한 선물을 준비했으니까."

마술사가 아니어도 괜찮았다. 아이들은 뭔가 새로운 것을 기대했다. 교장 세호는 아이들의 마음을 잘 알고 있었다.

"무슨 선물인데요?"

한 아이가 물었다.

"아주 좋은 질문입니다. 바로 만나 볼까요? 제나를 여러분께 소개합니다. 짜잔!"

아이들의 호기심 어린 눈동자가 일제히 한곳을 향했다.

제나는 금방 나타나지 않았다. 아이들은 목이 빠져라 제나가 나오기만을 기다렸다. 교장 세호와 아이들이 어서 나와 달라고 호소하던 그때였다. 오월의 햇살을 머금은 은빛 소형차 한 대가 아이들 앞으로 스윽 나와 멈춰 섰다.

"애걔, 그냥 차잖아."

아이들은 시큰둥했다.

"얘들아, 안녕!"

제나의 인사에도 반응은 시원찮았다. 돌아서는 아이들을 제나가 "잠깐만"이라고 잡아 세웠다. 곧 차 문이 열리더니 그 안에서 사과만 한 은색 공 하나가 나타났다. 공은 가로로 늘어났다가 세로로 늘어났다가를 반복했다. 신기한 광경에 아이들의 입이 떡 벌어졌다. 세상에나! 분명 차였는데…….

아이들 앞엔 어느새 변신을 마친 바디슈트 차림의 사람

이 서 있었다. 새로운 마술인가, 공이 인간으로 변하는? 즉석에서 모습을 드러낸 인간의 형체에 아이들은 어리둥절했다. 로봇인가? 인형이겠지. 사람 같은데…….

"저와 드라이브를 즐길 어린이를 찾습니다."

그렇게 말하는 것을 보니 영락없이 사람이다. 바람 빠진 풍선처럼 굴던 아이들은 탄성을 회복한 공처럼 통통거렸다. 경계심도 없이 제나를 향해 우르르 몰려갔다.

"자동차가 아니었어! 제나? 다른 변신도 할 수 있어요?"

한 아이가 물었다.

"글쎄요. 저도 저에 대해 모르는 게 아직 많답니다."

"그래? 그럼, 배워야지, 우리처럼. 하하하."

아이들은 자갈 굴러가듯 웃어댔다.

"알기 위해 노력 중이랍니다. 어떻게 하면 내가 태어난 시공간으로 돌아갈 수 있는지, 다른 곳은 어디든 다 갈 수 있는데, 왜 내가 왔던 곳으론 돌아갈 수 없는지 말이죠."

"제나도 우리랑 똑같네. 엄마 아빠를 잃어버린 거야. 그렇다고 울 건 없어. 우리 엄마가 제나의 엄마도 되어 줄 거야."

한 아이가 해맑은 얼굴로 말했다.

그러자 아홉 살 세호가 물었다.

"내 엄마도?"

"……넌 누구야?"

"나는…… 세호, 하세호…… 우리 집에 불이…… 엄마랑 아빠가 집에 있는데……."

세호는 되살아난 충격에 어쩔 줄을 몰랐다. 눈물방울이 뺨을 타고 또르르 흘러내렸다.

"와, 환장하겠네." 한 아이가 혼잣말처럼 중얼거렸다. 그러고는 말을 이었다. "걱정하지 마. 우리한텐 엄마도 있고, 아빠도 있거든. 어른은 모두 우리의 부모인걸."

그 아이의 말에 다른 아이들이 교장 세호를 돌아봤다. 누가 시킨 것도 아닌데 이구동성으로 "아빠!" 하고 불렀다.

"그래, 아빠 여깄다!"

교장 세호가 아이들을 향해 손을 흔들었다. 아이 하나가 세호의 손을 슬며시 잡더니 "아빠한테 가자"라고 했다.

"잠깐! 그 전에 운동장 드라이브를 하고 가는 건 어떨까요?"

제나가 차에 기대서서 말했다. 아이들이 벌떼처럼 또 모여들었다. 서로 먼저 타겠다고 야단법석이다.

"그러다 다칩니다, 그만!"

제나는 달려드는 아이들을 떼어 내려 해 봤지만 소용없

다. 달라붙기 놀이라도 하는 것처럼 제나가 떼어 놓으면 또다시 달라붙어 깔깔거렸다.

지영과 교장 세호는 제나와 아이들의 실랑이를 지켜보기만 했다. 그것도 아주 흐뭇한 얼굴로. 제나는 지영의 미소를 보았다. 그랬는데⋯⋯, 연신 손으로 눈가를 훔치는 지영을 보고는 순간 멈칫했다. 왜 울지? 제나는 알 수 없었다.

그때 한 남자가 지영에게 다가섰다. 지영의 어깨에 다정하게 팔을 두르고는 제나와 아이들을 지그시 바라봤다. 남편인가? 결혼은 하지 않았다고 나와 있었는데? 제나는 자신에게 달라붙은 아이들과 하나가 되어 천천히 지영의 앞으로 다가갔다.

"아, 처음 보죠? 여긴 박완희 씨. 오래전 파경으로 끝난 내 결혼식에 등장하는 비련의 남자 주인공이라고나 할까요. 하하하."

"얘기는 많이 들었습니다." 완희가 웃는 얼굴로 말했다. 그러고는 그들의 과거사를 짧게 요약해 주었다. "파경이 나쁘기만 한 건 아니었어요. 절반의 성공은 거뒀으니까. 지영이 보여 준 신뢰 덕분에 인생 협약을 맺었죠. 서로의 곁에서 서로의 인생을 지지하고 응원해 주는 관계라고나 할까. 암튼, 이성 간의 사랑보다 더 큰 인류애를 얻었죠."

"지금은 이 많은 아이를 돌볼 수 있게 물심양면으로 돕는 역할을 완희 씨가 하고 있어요. 그리고 우리가 아이들을 돌보는 것 같지만 사실은 이 아이들이 우리를 더 어른다운 어른으로 만들어 주고 있는 거고요."

지영이 말하는 어른다운 어른이 뭔지 제나는 몰랐다. 인간이 행복을 추구한다는 것만은 알았다. 그 행복이란 게 어떤 형태인지는 또 알지 못했다. 제나는 울다가도 웃고 웃다가도 눈물짓는 지영을 빤히 바라봤다.

제나에게 달라붙어 있던 아이들은 스스로 떨어져 나갔다. 대신 이번에는 "엄마" 하고 지영에게 다가가 안겼다.

"아빠한테도 좀 가렴."

지영이 말하자 완희에게 달라붙어 "아빠, 아빠" 했다.

"아이고, 이 녀석들! 그래, 어디 좀 보자. 그동안 또 얼마나 컸는지."

아이들에 둘러싸인 완희와 지영은 정신없어하면서도 곧 아이들 무리에 자연스럽게 섞였다. 지영에게 다가선 세호는 용기를 내어 "엄마" 하고 불렀다. 무릎을 낮춘 지영이 말했다.

"우리 아들, 왜? 엄마한테 하고 싶은 말이 있는 거야?"

"아니요, 그냥…… 그냥……."

세호는 저도 모르게 눈물이 핑 돌았다. 옆에 있던 교장 세호가 아홉 살 세호의 머리를 쓰다듬으며 말했다.

"우리 세호 눈엔 이 아저씨가 어떻게 보일까?"

"……멋진 선생님이요. 이다음에 어른이 되면 아저씨처럼 되고 싶어요."

"그거 참, 듣던 중 반가운 소리네. 아저씨가 장담하는데 우리 세호는 나중에 이 아저씨 같은 어른이 될 거야."

"진짜요?"

아홉 살 세호는 눈물을 훔쳤다. 교장 세호가 웃음을 활짝 지었다. 어린 세호의 얼굴에도 엷은 미소가 피어올랐다.

운동장에 있던 아이들은 지영과 완희, 그리고 교장 세호의 주변을 어지러이 맴돌았다. 아빠! 아빠! 아빠! 아이들의 '아빠' 소리가 한여름의 매미 울음소리처럼 운동장에 울렸다.

그때였다. 아이들이 부르는 소리와는 또 다른 '아빠' 소리가 들려왔다. 제나는 드라이브도 잊은 채 운동장을 뛰어다니는 아이들을 한 명씩 바라보았다. 아빠? 제나는 그 목소리의 주인을 찾으려 했지만 거기엔 없었다.

그것은 제나 안 어딘가에서 흘러나오는 소리였다. 내게도 아빠가 있는 건가. 아이들의 '아빠'와 겹쳐 들려오는 소리었다. 제나는 들었다. 녹음기를 튼 것처럼 자기 안에서 들려오는 그 소리를……

— 넌 이미 많은 것을 알지. 그래도 아빠는 다른 아빠들이 줄 수 없는 것을 네게 주고 싶어. 인간만이 갖는 능력을. 그것도 이상적인 인간만이 지니는 능력을.

내게도 아빠란 존재가 있다는 건가. 그 존재가 나를 과거로 보낸 걸까. 왜? 2059년의 고덕에서 인큐베이팅되었음에도 시간을 거슬러야 했던 이유가 분명 있을 것이다. 그럼에도 이유를 찾자면 제나의 메모리가 자꾸 버퍼링을 일으켰다.

아이들이 뛰노는 운동장엔 햇살만이 눈부셨다. 빛에 닿은 제나의 바디슈트가 번쩍거렸다.

마지막 탈출

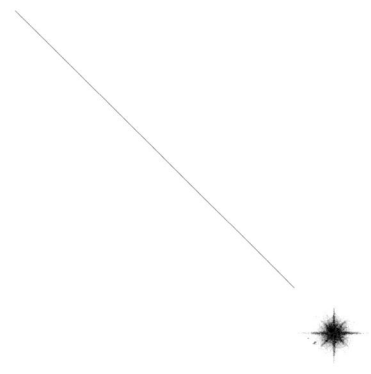

　　　　　　　　　　손님은 차비라며 돈을 주었
다. 제나에겐 쓸모없는 물건인데. 카드는 더 곤란했다. 처음
엔 어떻게 해야 할지 몰라서 가만히 있다가 욕설을 듣기도
했다. 이제는 돈이든 카드든 능숙하게 대처할 만큼 제나는
빠르게 적응해 나갔다.

　제나는 자신이 태운 손님들의 타임루프에서 인간 고유
의 행동값을 찾고자 했다. 손님의 인생 숲 어딘가에 도달했
다가 돌아오는 여정의 반복이다. 다 그렇진 않지만 제나의
타임루프를 경험하고 다시 현재로 돌아온 그들은 선택의
기로에 섰다. 어떤 일이 기다리고 있을지 알 수 없지만 손

님의 선택은 오롯이 그들 자신의 몫으로 돌아갈 것이었다.

어떤 인간은 속내를 들키지 않으려고 노력했다. 제나가 행동의 결과값을 이미 알고 있음에도 말이다. 어떤 인간은 대책이 없었다. 오리무중인 그들의 인생을 더 복잡하게 만드는 일들이 거기서 비롯되기도 했다.

문귀일! 제나의 데이터에 그에 관한 정보는 없었다. 1947년 5월 8일 출생. 2025년 7월 12일 사망. 귀일을 처음 만났을 때 제나가 알 수 있는 정보는 그것이 전부였다. 시니어타운 직원들의 눈을 피해 탈출을 반복하던 귀일은 끝내 자신의 삶에서 탈출했다.

귀일이 자신의 생을 밀어내고 죽음과 손잡은 그날에는 비가 내리지 않았다. 고질병처럼 비 오는 날이면 탈출을 감행하던 그였는데 말이다.

행복시니어타운! 귀일은 고령자들만 입주 가능한 시니어타운에 살았다. 아름드리나무에 둘러싸여 한여름에도 쨍한 볕을 구경하기 힘든, 말이 시니어타운이지 요양원과 별반 다를 바 없는 그곳에…….

그날, 그러니까 제나가 도움이 필요한 귀일을 만난 날, 산자락으로 난 도로는 한적하고 후드득거리는 빗소리는 경쾌했다. 제나는 홀로 드라이브를 즐기는 중이었다.

산자락의 막다른 골목에 이르자 궂은 날씨에 더욱 우중
충해 보이는 행복시니어타운이 보였다. 빗줄기가 거세 건
물 밖에 나와 있는 사람은 없었다. 이런 날엔 침대에 누워
빗소리를 듣거나 자장가 삼아 낮잠을 즐기는 게 상책일 터
였다. 제나는 외길의 끝에서 되돌아 나왔다.

그리고 그 길목에서 귀일을 만났다. 행복시니어타운으로
들어갈 때만 해도 아무도 없던 외길이다. 숲에서 나왔나?
제나는 그의 뒤를 서행으로 따라붙었다. 낡은 갈색 외투를
우비인 양 걸쳤지만 귀일은 비에 젖어 있었다. 걸어서 버스
정류장까지 가려면 삼십 분은 족히 걸릴 것이다. 그 와중
에도 귀일은 비에 젖어 미끄덩거리는 슬리퍼를 번번이 고
쳐 신었다. 저러다 넘어지기라도 하면 큰일이다.

"태워드릴게요."

위태위태한 귀일을 보며 제나가 말을 걸었다. 귀일은 쳐
다보지 않았다. 앞만 보며 걸었다. 안 들리나? 제나는 귀일
을 앞질러 차를 세웠다. 화내거나 노려보기라도 했으면 좋
았을 것이다. 귀일은 앞을 막아선 차를 에둘러 지나갔다.

"저체온증으로 죽을 수도 있습니다. 어서 타세요. 차비는
안 받으니까, 걱정하지 말고요."

"……그딴 말에 내가 속을 줄 알고. 날 데려다 뭔가를 할

심산이라면 관두는 게 좋을 거야."

"좋은 곳으로 모실게요."

"기껏해야 경찰서 아니면 지긋지긋한 요양원이겠지."

혼잣말을 중얼거린 귀일은 잡소리 집어치우고 어서 꺼지라는 듯이 제나를 노려봤다. 귀일의 입술은 이미 파리했다. 외투 자락을 움켜쥐고 한기에 바들바들 떨고 있었지만 눈빛만은 살아서 형형했다. 누가 봐도 고집 센 영감이다. 제나는 포기하지 않았다. 속도를 늦추고 귀일을 뒤따라갔다.

숲에서 성난 멧돼지가 나오지 않았다면, 귀일은 끝까지 고집 피웠을 것이다. 걷다가 엉덩방아를 찧어 뼈에 금이 가는 일을 겪더라도 말이다. 멧돼지와 마주친 귀일은 빗속에 옴짝달싹하지 못했다.

제나가 얼른 문을 열었다.

"난 태워 달라고 한 적 없어, 절대로."

차에 탄 귀일이 말했다.

"네. 제발 좀 타시라고 제가 권해서 억지로 승차하신 겁니다."

"그게 사실이지. 이봐, 아가씨! 날 요양원으로 데려갈 생각일랑 아예 하지 않는 게 좋아."

귀일은 살기 어린 눈빛을 하고 말했다. 그의 외투 자락

밑으로 행복시니어타운 로고가 프린트된 실내복이 그대로 노출됐다. 그럼에도 귀일은 자신이 있던 곳을 부득부득 요양원이라고 했다.

"네. 요양원엔 안 갑니다. 어디로 가실지나 말씀해 주세요."

귀일은 파리한 입술을 꾹 다문 채 발가락이 삐져나온 슬리퍼를 쳐다보다가 말했다.

"……가만 안 둘 거야."

"누구를요?"

"젊은 놈이랑 바람나서 날 여기다 버린 그년!"

거기까지였다. 귀일은 '그년'이 누구인지, 어디에 사는지에 대해서는 한마디도 하지 않았다. 부릅뜬 눈으로 성치 않은 치아를 드르륵드르륵 갈기만 했다.

더 물어봤자 소용없을 듯했다. 제나는 산자락을 조용히 빠져나갔다. 그사이 귀일의 젖은 옷이 뽀송뽀송해지고, 증오로 이글거리던 눈빛은 언제 그랬냐는 듯 순해졌다. 뭐든 정보가 조금이라도 있으면 귀일의 '그년'을 찾을 방법이 있을지도 몰랐다.

"그분 이름을 말해 줄 수 있어요?"

귀일은 그딴 건 알아서 뭐할 거냐는 사나운 눈초리로 제나를 흘겨봤다. 그러더니 기억을 잃은 사람처럼 금세 텅 빈 눈이 되었다. 자신이 왜 이 차에 타고 있는지도 까먹은 듯했다.

"행복시니어타운으로 돌아갈까요?"

비가 멎은 후였다.

"……"

제나의 말에도 잠잠해서 보니, 귀일은 어느새 꾸벅꾸벅 졸고 있었다. 세상 태평하다. 제나는 그를 깨우지 않고 시니어타운으로 차를 돌렸다. 사라졌던 귀일이 나타나자 유니폼을 입은 직원 한 명이 쪼르르 다가왔다. 입주자가 무사하다는 것을 알고는 안도의 한숨을 내쉬었다.

"언제 또 밖으로 나가신 거예요? 한참 찾았잖아요. 자꾸 이러다간 진짜 황천길 먼저 가는 수가 있어요."

올해 일흔아홉 살인 귀일은 평소 얌전한 입주자에 속했다. 그러다 비가 오면 증오, 복수, 집념, 광기 같은 것들이 들러붙어 완전히 다른 사람이 되었다. 직원들의 감시에도 매번 용케도 타운을 빠져나갔다. 빗줄기가 거세질수록 그의 행동은 대담하고도 민첩했다. 퇴행성 뇌 질환을 앓는 고령의 환자라고는 믿기지 않을 만큼.

제나는 귀일을 생활실로 데려다준 직원이 다시 나타날

때까지 일 층 로비에 머물렀다. 딱히 기다렸던 건 아니다. 하지만 직원이 알은체해 오자 응해 주었다.

"영감님이 고맙다고 전해 달래요. 예쁘게 생긴 아가씨가 마음씨도 곱다고."

귀일의 인사를 전한 직원은 어깨가 들썩이도록 숨을 크게 들이켰다가 길게 내쉬었다. 그러고는 묻지도 않은 말들을 했다. 이런 일이 그동안에도 왕왕 있었다. 보통은 인근 경찰서에서 행복시니어타운 입주민을 발견했다는 연락을 해 온다고 했다.

세 동으로 이루어진 행복시니어타운의 '가'동엔 혼자 거동이 가능해 화장실 이용과 음식을 가져다 먹는 일에 문제가 없는 이들이 주로 살았다. 가족이 있어도 왕래가 없어 어울릴 친구가 필요한 이들이었다. '나'동에 거주하는 이들은 신체적 활동은 비교적 자유로우나 정신적인 치료를 요하는 이들이 입주해 있었다. 가동과 나동, 어느 쪽에도 해당 안 되는 이들은 '다'동에서 지냈다.

나동에 거주하는 귀일은 우중에 신출귀몰하게도 타운을 빠져나갔다. 위험하다고, 죽을 수도 있다고 경고 아닌 경고를 여러 번 해 봤지만 뇌 질환 환자인 그에겐 먹히지 않았다. 비에 숨어 탈출한 귀일은 비가 멎으면 경찰차를 타고 돌아왔다. 자신이 벌인 일은 아무것도 모른다는 맹한 얼굴로.

"비 오는 날마다 비상이겠네요?"

"이젠 그러려니 해요. 근데, 참 희한하죠? 저희가 지킨다고 지키는데 언제 어떻게 빠져나가는지 진짜 알 수가 없다니까요. 그럴 때 보면 머리가 엄청 비상하세요. 다시는 그런 일이 없을 거라고 말할 땐 그보다 더 멀쩡할 수가 없을 것 같은데, 비만 오면 첩보영화를 찍는 거죠. 직원들이 뒤통수를 맞는 건 그야말로 순식간이에요."

"왜 그런 행동을 하는지는 아는 게 없습니까?"

그건 인간에 대한 제나의 관심이기도 했다. 귀일이 대체 왜 그런 무모한 행동을 반복하는지 알고 싶었다.

"그건 우리도 모르죠."

"그분을 이곳에 버린 분은요? 혹시 '그년'이 누군지 압니까?"

"버려요? 그렇게 말하던가요? 누가 자기를 여기에 버렸다고?"

버렸다는 표현은 귀일이 썼다. 제나는 그대로 옮긴 것뿐이다. 직원은 그년에 대한 것을 뒤로한 채 불편한 심기를 그대로 드러냈다.

"이곳은 어르신들을 위한 선진국형 프리미엄 요양원이 거든요. 어르신 개개인의 생활 습관이나 개성을 존중해 주 는 곳으로 널리 알려져 있죠. 우리 직원들이 시니어타운에 오신 분들을 입소자나 환자가 아닌 입주민이라고 하는 이 유도 그래서고요. 환자가 아닌 한 사람의 인간으로 끝까지 예우한다는 차원에서요. 보통은 배우자나 자녀분들이 함 께 와서 입주 절차를 밟는데, 문귀일 씨의 경우는 입주할 때부터 남달랐죠. 혼자 오셨거든요. 아내도 자녀도 없다면 서……. 가동에 입주해서 잘 지내고 있다고 생각했는데 지 내다 보니 그게 아니어서 나동으로 재입주하셨어요. 그때 도 의사의 소견을 직접 들은 문귀일 씨가 나동으로 옮기겠 다고 했어요. 아무래도 의료진이 배치된 나동이 본인에게 더 안전하다고 판단해서였겠지요."

잠시 언성을 높인 게 미안했던지 직원은 묻지도 않은 이 야기를 늘어놓았다. 귀일을 비롯해 나동 입주자들은 각자 에게 필요한 도움과 치료를 받으며 생활했다. 다만 그들은 불편한 것이 없어도 호출 버튼을 수시로 눌렀다. 침대 밑에 사탕을 뒀는데 없어졌다며 찾아 달라거나 손이 닿지 않아 블라인드를 내릴 수 없다거나 침대 맡에 버젓이 있는 돋보 기를 못 보고 찾아 달라거나 지금 당장 와서 책을 읽어 달라거나 직원들 눈에는 보이지 않는 손님이 찾아왔으니 마실 것을 내오라거나. 호출 이유는 많고 많았다.

날이 궂으면 나동 직원들은 긴장했다. 입주자들의 호출이 평상시보다 더 빈번하게 일어났다. 직원이 나타나지 않으면 직접 와서는 그들을 자신들의 생활실로 데려가 원하는 바를 이루었다.

"영감님은 직원을 호출하는 일은 없지만, 비만 오면 아무 말 없이 몰래 나가시죠. 상황이 그렇다 보니 비 오는 날엔 직원들이 긴장을 안 할래야 안 할 수가 없어요. 한번은 몰래 나갔다가 빗길에 넘어져서 골절수술을 받기도 했다니까요. 그때 박은 철심이 아직 몸속에 있는데도 좀처럼 단념이란 걸 모르세요."

"왜 그런 걸까요?"

제나가 물었다.

그 속사정을 어떻게 알겠냐며 직원이 혼잣말처럼 중얼거렸다. "비 오는 날에 만나기로 약속한 사람이라도 있나?"

귀일이 왜 그런 행동을 하는지 아는 직원은 없었다. 제나가 만난 귀일은 분명히 가고 싶은 곳이 있었다. 그가 경계하지만 않았다면 제나의 타임루프가 그 바람을 이뤄 줬을지도 몰랐다. 직원의 눈을 피해 시니어타운을 나가야만 하는 사정이 대체 뭘까. 귀일을 또 태울 수 있다면 알 수 있을까. 모를 일이다.

"비가 오면 다시 오겠습니다."

"……네?"

직원은 제나의 말에 의문을 표했다.

"영감님이 가려는 곳이 어딘지 저도 알고 싶거든요."

그러자 직원이 웃으며 말했다. 알게 되면 자신한테도 알려 달라고. 제나는 입주민의 호출을 받고 직원이 자리를 뜰 때까지 그의 이야기를 들어 주다가 시니어타운을 나왔다.

※

기상 예보에 비가 온다는 소식이 뜬 날이었다. 제나는 귀일이 있는 행복시니어타운으로 향했다. 산자락의 외길 도로에 접어들 무렵 비가 내리기 시작했다. 귀일의 탈출 시도는 오늘도 이어질 것이다. 비가 점점 더 굵어지고 있었다.

제나는 후문에서 기다렸다. 예상했던 대로 귀일은 타운 생활복에 갈색 코트를 우비처럼 입고 나타났다.

귀일을 쫓는 직원은 보이지 않았다. 생활실을 나서는 귀일을 보고서도 못 본 척하는 것일지도. 그들이 아무리 회

160

유하고 경고해도 귀일의 탈출은 일어나고야 마는 일일 테
니까 말이다. 직원들의 묵인 하에 비가 오면 경찰이 순찰을
돌고 그를 다시 요양원으로 데려오는 식의 반복은 아닐까.

　나동을 빠져나와 시니어타운 후문까지 오는 오 분 사이
에 귀일은 비에 흠뻑 젖었다. 제나는 귀일이 자신과 함께
있다는 것을 타운 직원에게 알렸다. 좀 늦어도 걱정하지 말
라고. 옷자락에선 빗물이 뚝뚝 떨어졌지만 차에 탄 귀일은
전과 다르게 평온했다. 귀일이 몇 번의 탈출을 시도했는지
는 알 수 없었다.

　귀일의 타임루프는 공교로운 면이 있었다. 제나가 동행
할 수 있는 타임루프가 아니라는 점에서다. 귀일은 비를 타
고 홀로 그만의 세상으로 갔다. 과거의 어느 시간에 머물
렀다가 비가 그치면 언제 그랬냐는 듯이 현실로 돌아와 있
었다.

　제나가 귀일과의 타임루프를 여섯 번째로 시도한 날이
었다. 이번에도 귀일의 인생 숲으로 가는 데 실패했다. 귀일
의 데이터가 제나에게 없어서인지도 몰랐다. 제나는 '그년'
을 만나면 뭘 어떻게 할지 물어보지 않을 수 없었다. 순순
히 대답해 주리라 기대는 하지 않았다. 잡아먹을 듯이 눈

을 부라리지나 않으면 다행이다.

"어쩌긴 뭘 어째? 연놈을 잡아다 간통죄로 처넣을 거야."

어쩐 일로 귀일이 말문을 연다. 제나는 귀일의 눈동자가 일순 번득였다는 사실도 놓치지 않았다. 인간은 제나가 아니더라도 자신들의 '기억'을 통해 자유롭게 타임루프를 했다. 귀일이 자신의 과거 어디로 타임루프했는지 제나는 알 수 없다. 귀일은 홀로 떠난 타임루프에서 악에 받친 말들을 쏟아 냈다.

제나가 할 수 있는 일은 자신의 기억 어딘가로 타임루프한 귀일의 말에 대꾸해 주는 게 전부였다.

"잡아넣을 증거는 있습니까?"

"증거? 이 두 눈으로 똑똑히 봤는데 그보다 더 확실한 증거가 어딨어? 제깟 년이 그러고도 무사할 줄 알았다면, 나 문귀일을 띄엄띄엄 본 거지. 잔말 말고 어서 음서시장으로 가기나 해."

제나는 귀일의 기억 속 시장이 지금도 있을까 싶었다. 다행히도 시장은 아직 그대로 있었다. 시장 입구에 다다르자 차창 밖에 시선을 두고 있던 귀일이 날카로운 목소리로 말했다.

"멈춰!"

차에서 내린 귀일은 양은쟁반을 머리에 이고 시장 안으로 들어가는 여자를 빠른 걸음으로 뒤쫓아 갔다. 제나는 귀일을 따라갔다. 두세 명 정도가 겨우 비켜 다닐 정도로 좁은 통로다. 백 미터쯤 들어가자 광장이 나왔다. 요즘은 보기 힘든 좌판이 무질서하게 늘어선 광경이었다.

귀일이 뭔가 사달을 내고 있다면 구경꾼들이 그곳에 모여 있을 터였다. 하지만 어디를 봐도 조용하고 평화로웠다. 제나는 광장 외곽을 빙 두른 상가들을 확인했다. 귀일은 없었다. 그가 쫓던 여자도 보이지 않았다.

제나는 입구로 다시 나왔다. 뜻밖에도 귀일이 그곳에 있었다. 빗속에 자신을 방치한 채로. 제나는 도롯가 상점의 차양 아래로 그를 데려갔다. 차에서 내릴 때만 해도 없던 상처가 귀일의 이마에 있었다.

"찾던 사람은 만났습니까?"

"밥은 안 먹겠다고 했는데, 자꾸 먹으라지 뭐야."

귀일이 실소를 머금었다.

"그래서 밥상을 옷에다 엎기라도 했어요?"

제나는 김칫국물 자국이 있는 귀일의 외투 자락을 보며 말했다.

"그년이 나를 보더니 꼬랑지를 내리고 싹싹 빌더라고. 자기가 잘못했다나. 내가 용서만 해 주면 오늘 당장에라도 집에 들어오겠다고 하네. 어림없는 소리지. 내가 누구야? 나문귀일이야. 그런 허튼수작엔 안 넘어가. 하늘이 두 쪽 나도 안 될 일이지, 아암! 외간 남자랑 눈 맞아 집 나간 마누라를 내가 순순히 집에 들일 것 같냐고!"

✖

2007년 어느 일요일. 귀일은 부동산 사무실에 있었다. 조금 있으면 건물 매매 계약자가 올 것이다. 계약서는 미리 다 작성해 두었다. 계약 당사자들이 도장만 찍으면 또 한 건 성사다.

다들 부동산 경기가 안 좋아질 거라고 했지만 귀일에게 불황은 딴 나라 얘기였다. 그는 아내에게 목돈을 안겨 줄 생각에 마음이 한껏 부풀어 있었다. 짠돌이 남편 곁에서 지금껏 버티고 살았으면 보상받을 때도 되었다 싶었다.

아내의 전화는 계약자가 도장에 인주를 묻히려던 때에 걸려왔다. 거들먹거리고 싶은 마음에 냉큼 전화를 받았다. 이런 중차대한 순간에 왜 전화질이냐는 핀잔과 함께 자신이 얼마나 대단한 사람인지 뻐기는 게 말투에서 고스란히 묻어났다.

─ 그러니까 끝내자고.

"미쳤어, 당신?"

─ 그래, 미쳤어. 그래서 이제부터 멀쩡한 정신으로 살아 보려고. 당신은 나보다 돈이 더 중요한 사람이잖아. 당신이 뼈골 빠지게 번다는 그 돈, 이제 나도 한번 뼈골 빠지게 벌어 보려고. 먹고 싶은 거, 사고 싶은 거 몽땅 내 마음대로 하면서 살아 보려고.

하필이면……. 하필 이런 중차대한 계약을 코앞에 둔 순간에. 귀일은 정신이 아찔했다. 생활비 문제로 종종 아니, 자주 언성이 높아지기는 했다. 돈 버는 게 어디 그렇게 쉬운 줄 아냐고. 땅 파면 나오는 게 돈인 줄 아느냐고. 늙어서 거리로 나앉고 싶지 않으면 작작 좀 쓰라고. 귀일은 돈이 필요하다는 아내를 핀잔하고 걸핏하면 면박을 주긴 했다.

"맘대로 해봐! 위자료는 언감생심, 한 푼도 못 줘!"

귀일은 벌겋게 달아오른 얼굴로 전화를 끊었다.

계약서에 도장을 찍으려던 고객은 귀일의 통화에 낄낄낄 웃어댔다. 다들 그러면서 사니 걱정할 것 없다고. 직장인이 회사 관두겠다고 말하는 거나 부부가 이혼하겠다고 말하는 건 습관적으로 나오는 거짓말 같은 거라고 훈수를 뒀다.

"자식도 있죠, 문 사장?"

"딸내미가 하나 있는데 제 엄마 역성이나 들기 바쁘죠."

"그럼 됐어요. 가방도 사 주고 예쁜 옷도 사 주고 맛있는 것도 사 주고……. 아, 그냥 카드 하나 내줘요. 그러면 또 금방 헤벌쭉해진다니깐."

지금껏 남편 그늘에서 편하게 살아온 주제에 이혼이 말처럼 쉽나. 절대 아니지. 서류를 코앞에 들이밀어도 내가 도장을 안 찍으면 그만이지. 큰 매매 계약을 성사시킨 귀일은 호기롭게 귀가했다.

집에 들어선 귀일은 자신의 심장이 계단 저 밑으로 쿵쿵쿵 떨어지는 소리가 들리는 듯했다. 아내는 집에 없었다. 옷가지만 몇 벌 챙겨 집을 떠났다. 얼마나 잘 먹고 잘 사는지 두고 보자. 인색? 나가 보라지! 남편 그늘이 아쉬울 거다! 백기 들고 투항해 와도 내가 받아 주나 봐라! 귀일은 왠지 모를 모멸감과 분노에 치를 떨었다.

귀일의 호언장담과 달리 아내는 삼 일이 지나고 일주일이 지나고 한 달이 지나도 돌아오지 않았다. 집은 점점 더 엉망이 되었다. 아무렇게나 벗어 놓은 양말이 집 안 곳곳에 나뒹굴었고, 먹다 만 음식물과 빈 그릇들이 싱크대는 물론 식탁 위에 겹겹이 쌓였다.

먼저 전화해 볼까, 몇 번 생각했지만 귀일은 자존심이 상해 관뒀다. 진짜 나 없이도 잘 사는 건가? 내 돈이 전혀 아쉽지 않다는 건가? 그런 소심한 마음이 들다가도 오기가 발동했다. 괘씸하다는 생각만 들었다. 세상 물정도 모르는 게 뭘 해서 돈을 벌겠다고……. 그래 벌어 봐라. 그동안 내 덕에 호의호식했다는 걸 뼈아프게 깨달을 거다.

아내의 빈자리는 상당했다. 그러던 차에 시장 식당에서 일하는 아내를 봤다는 말을 옛 친구로부터 전해 들었다. 귀일은 종일 마음이 편치 않았다. 몸도 약한 사람이 그런 일을 한다니 말이다. 그래서 부동산을 비우고 아내가 있다는 시장으로 향했다.

귀일은 시장의 식당 간판을 기웃거리고 다녔다. 그리고 어느 백반집에서 아내를 찾았다. 하지만 손님으로 꽉 찬 가게에서 아내를 데리고 나올 용기가 나지 않았다. 뿌리치면 어쩌지? 소심해진 귀일은 가게 안이 잘 보이는 곳에 자리 잡고 서서 손님이 빠져나가기를 기다렸다. 한 무리의 손님이 가게를 나온 다음이었다. 귀일은 결심한 듯 백반집으로 들어섰다.

아내는 혼자 온 남자 손님에게 식사를 내주면서 그와 말을 섞고 있었다. 귀일이 본 적 없는 환한 얼굴로. 귀일은 남자 손님의 밥숟가락부터 다짜고짜 빼앗았다.

"뭐 하는 겁니까? 남 밥 먹는데 와서."

남자가 치켜뜬 눈으로 황당하다는 듯이 쳐다봤다. 그러거나 말거나 귀일은 붉으락푸르락한 얼굴로 아내만 노려봤다.

"짠돌이네, 인색하네, 그딴 거 다 핑계지? 다른 남자들이랑 희희낙락거리니까, 좋아? 이혼 좋아하시네. 하고 싶으면 어디 혼자 잘해 봐. 위자료? 내가 청구할 거야."

이런 막말이나 하자고 여기까지 온 게 아닌데 눈에 불똥이 튄 귀일은 진심을 전하지 못했다. 되레 상황만 악화시켰다. 그런 게 아니라고 변명조차 하지 않는 아내가 더 원망스러웠다.

"삿된 여자 같으니라고!"

귀일은 배신감에 더욱 분노했다. 있는 욕, 없는 욕을 다 주워섬기고 나서야 겨우 돌아섰다. 그런데도 분이 풀리지 않았다. 세상천지에 홀로 떨어진 기분이었다. 잘못했다고 굽히고 들어오면 마지못해 받아 주는 척이라도 하려던 참이었다. 집에서는 그렇게 잔소리를 해대던 아내가 한마디 말도 표정도 없이 우두커니 서 있었다. 애증도 증오도 남아 있지 않은 듯한 아내의 텅 빈 얼굴에 귀일은 심장이 또 쿵

했다.

"이혼이고 뭐고 다 집어치워. 이걸로 끝이야."

마지막 한 방을 통쾌하게 날렸다고 생각했다. 뜨거운 눈물이 가슴으로 흘렀다. 헛헛해서 그냥은 돌아갈 수 없었다. 귀일은 난생처음 간 호텔 레스토랑에 앉아 비싼 음식을 줄줄이 시켰다. 무슨 맛인지도 모른 채 걸신들린 사람처럼 먹고 또 먹었다. 그래도 허한 속이 채워지지 않았다. 귀일은 주방장을 불러 타박했다.

"뭔 놈의 음식이 먹어도 먹어도 헛배만 부르고…… 포만감이 하나도 없잖아."

귀일은 볼록 나온 자신의 배를 손바닥으로 쳤다. 텅텅! 신기하게도 텅 빈 소리가 났다.

✕

종일 내릴 것 같던 비가 어느 순간 멎었다. 귀일이 혼자만의 타임루프에서 빠져나와 현실로 돌아왔는지 아직 그대로인지, 제나는 알 수 없었다. 다만 분노에 번득이던 귀일의 눈동자가 지금은 동태눈처럼 흐리멍덩했다. 그렇다고 돌아가자는 말도 하지 않았다.

제나는 내부순환로를 탔다. 빛의 빅뱅에서 떨어져 나온 제나가 처음 도착했던 곳. 제나는 갓 태어난 인간의 생명체와 다를 바 없었다. 그때와 비교하면 제나의 성장은 과속으로 이루어졌다. 이제 제나가 모르는 서울의 도로는 없었다. 다만 방대한 인간 데이터에도 불구하고 그들의 내면에서 일어나는 변화값은 여전히 오리무중이었다.

"아까 그 여자는 누굽니까?"

뒷모습만 봐도 귀일이 찾는 집 나간 아내는 아니었다. 그가 쫓아간 건 젊은 여자였다. 봉변만 당하고 돌아온 귀일은 한동안 말이 없었다.

"……전부 나 때문이야. 나 때문에 그 아이만 측은하게 됐어. 원래 그런 아이가 아닌데, 왜 그렇게 사나워졌을까, 우리 금희는"

금희가 누구냐고 묻자 귀일은 금세 또 멍한 눈을 했다. 그러다가도 기억의 저편으로 타임루프한 사람처럼 혼잣말을 이어 나갔다. 제나는 과거의 기억과 현재의 시간을 오가는 그가 하는 말들이 횡설수설하는 것으로 들렸다. 앞뒤가 맞지 않는 말들을 제나는 듣기만 했다.

"붕어빵 하나에도 마냥 행복해하던 아이였는데…… 그런 상스러운 욕을 어디서 배웠는지 예쁜 입이 아주 독사가 됐어. 건물을 주겠다는데도, 싫다네. 나한테 쫓아와 돈이든 건물이든 달라고 탐낼 땐 언제고…… 이제 와 싫어? 손님들 비위 맞추며 사는 게 뭐가 좋다고……. 몸만 축나는 고된 일이 내가 주는 돈보다 더 좋다는 거야? 난 당신을 배신한 적도 없는데……."

귀일은 눈물이 그렁그렁한 눈을 눈꺼풀로 꾹 찍어 내렸다. 언제부터였을까. 딸이 마지막으로 다녀간 그때부터? 아니면 아내가 집을 나간 후부터? 아니, 그 훨씬 전부터였을 것이다. 귀일의 부친이 사기를 당해 하루아침에 사업이 무너진 그때부터.

사업이 왕성할 때는 수시로 찾아오던 이들이 삽시간에 전부 떠났다. 누군가의 도움을 받는 일은 언감생심이었다. 귀일은 아버지를 대신해 가장이 되었다. 돈을 움켜쥐는 일이 천성인 양 굳어졌다. 누구처럼 당하고 살진 않을 것이다. 매일 다짐했다. 이를 악물었다.

결혼했다고 사람이 하루아침에 바뀔 수 있는 건 아니었다. 이해해 주는 줄 알았다. 사랑했으니까. 가족이니까. 귀일은 자신의 방식을 고집했고 또 강요했다. 하지만 자신에게 병이 찾아왔을 때 이를 알아채 줄 아내와 딸은 진즉 그의 곁을 떠나고 없었다.

행복시니어타운의 입주는 그래서였다. 처음엔 괜찮았다. 늙어 가는 사람들끼리 아니, 몸도 마음도 아픈 사람들끼리 대화도 나누며 잘 지냈다. 시니어타운 측에서 마련한 프로그램에 참여해 종이접기도 하고 그림도 그리고 기타도 쳤다. 그런데도 자신을 떠난 아내에 대한 생각이 날로 깊어만 졌다.

귀일이 스스로 하던 일들은 하나씩 직원에게 넘어갔다. 샤워하는 것도 식사를 생활실로 들여오는 것도 갈아입은 옷을 내놓는 일도 포트에 물을 끓여 커피를 타는 일도 전부.

귀일의 알츠하이머 증세는 서서히 악화되었다. 그럴수록 그는 직원의 선의를 신뢰하지 않았다. 경계했다. 특히 씻어야 한다는 말을 들을 때면 눈에 쌍심지를 켰다.

"난 안 벗어. 너나 벗어. 음탕한 것! 내 방에서 당장 나가!"

"영감님 망상이 날이 갈수록 심해지시네. 몸에서 냄새난다니까요."

"욕실에 날 가둬 놓고 뭔 짓을 하려고? 내 돈을 빼돌릴 생각이면, 어림없어. 고얀 것! 내 죽어도 너한텐 못 준다, 요년아!"

귀일의 세계는 점점 더 줄어들고 있었다. 하나는 분명했다. 귀일이 삿된 말로 아내를 저주해도 그 안에 가족에 대한 그리움이 깔려 있다는 것 말이다.

지난날을 홀로 떠올리는 귀일은 조용했다.

"아내가 보고 싶은가요?"

제나는 귀일이 그렇다고 하면, 고개라도 끄덕인다면 방법이 있을 것도 같았다. 귀일에 관한 데이터가 없어도 무슨 방법이 있지 않을까.

"……천벌받은 거지. 행복하게 만들어 주겠다고 꼬여 놓고선……. 똥내 나는 돈이 뭐 그리 좋다고 움켜쥐려고만 했어. 뭐가 그렇게 아까워서…… 옹졸한 남편이었던 거지."

내내 자책하던 귀일이 부탁 하나만 들어 달라고 제나에게 청했다.

"들어준다는 약속은 못 하지만 뭔지 일단 들어는 보죠."

"조만간 나를 다시 찾아와 주지 않겠나? 비가 오지 않아도 말이지."

귀일은 알고 있었다. 어쩌면 처음부터. 비가 내리는 날이면 제나는 시니어타운 후문 앞에 와 있었다. 비가 오지 않아도 와 달라는 말은 그래서였다.

"조만간이라면 일주일 후에 가면 될까요? 비가 오지 않더라도?"

어려운 부탁도 아니어서 제나는 그러겠다고 했다.

"……고마워."

인사를 챙기는 귀일은 멀쩡했다. 이제 시니어타운으로 돌아가도 되겠냐고 묻자 귀일이 고개를 끄덕였다.

×

태양이 뜨거운 만큼 행복시니어타운도 우중충한 그늘을 벗어던진 듯했다. 흰색 건물 세 개가 쨍한 기운을 머금었다. 딱 일주일만이다. 제나는 귀일과의 약속을 지키기 위해 이곳을 다시 찾았다. 후문에서 기다릴 필요는 없었다.

제나가 나동 로비에 들어서자 직원이 알은체했다.

"진짜로 오셨네요."

"그게 무슨 말입니까?"

"문귀일 영감님이 그러셨거든요. 제나 씨가 찾아오면 전해 달라면서 물건을 맡겨 놓으셨어요."

제나는 "나한테요?"라고 반문했다. 직접 만나서 줘도 될 텐데.

직원은 "잠깐만요" 하고는 어딘가로 향했다. 만나러 와 달라고 할 땐 언제고 물건을 맡겨 놓았다고? 더는 나를 만나지 않겠다는 건가. 비가 오지도 않으니 귀일이 남몰래 밖으로 나갔을 리도 없었다.

잠시 자리를 떴던 직원이 접착테이프로 밀봉한 상자 하나를 갖고 나왔다.

"뭐가 들었는지는 모르겠고. 이걸 꼭 전해 달라고 신신당부하시더라고요."

"만나 뵐 순 없을까요?"

제나는 귀일의 상태가 궁금했다.

"영감님을요? 어쩌죠?"

"왜요?"

"영감님, 돌아가셨어요. 제나 씨가 마지막으로 영감님을 데려다주고 간 다음 날 새벽에……. 가실 걸 미리 아셨는지 늦은 밤에 저를 따로 불러서 이 상자를 맡기셨어요."

꼭 와 달라던 이유가 이 상자 때문이었나. 귀일의 죽음만큼이나 상자는 가벼웠다. 제나는 고맙다는 말을 하고는 밖으로 나왔다.

상자 안에는 귀일의 휴대폰과 부동산 등기부등본과 세 개의 통장, 그리고 귀가 닳아 뭉개진 빛바랜 사진 한 장이 들어 있었다. 사진 속 남자는 젊은 날의 귀일이고, 그 옆에 흰 원피스를 입은 여자는 아내인 듯했다. 손을 맞잡은 그들은 환한 웃음을 짓고 있었다. 낡은 사진에 귀일의 행복했던 순간이 박제된 듯했다. 제나는 귀일의 휴대폰 전원을 켰다. 거기엔 각각 '예쁜 아내'와 '사랑하는 딸'로 저장된 번호가 있었다. 하지만 하나는 없는 번호였고, 또 하나는 엉뚱한 사람이 받았다.

이번에는 휴대폰 갤러리를 열었다. 시니어타운 입주 시에 찍은 듯한 사진은 그렇다 치더라도 제나의 사진은 의외였다. 귀일이 언제 이런 사진을 찍었는지는 모르겠다. 분명한 건 귀일이 어느 순간부터 비 오는 날이면 제나가 나타난다는 것을 알았다는 사실이었다.

음성 메시지도 하나 저장되어 있었다. 회한에 젖은 귀일이 목울음을 삼키고는 마지막 고해성사처럼 마음에 담아둔 얘기들을 풀어놓고 있었다.

– 제나? 이걸 듣고 있다는 건 나와의 약속을 지켰다는 거겠지. 정신 나간 늙은이의 말을 허투루 듣지 않고 와 줘서 고맙다는 말부터 해야겠군.

언제부턴가 나도 모르게 비 오는 날이 기다려졌어. 나를 기다려 주는 사람이 있다는 생각이 드니까 왜 그렇게 눈물이 나던지……. 잘 참아지지 않더군.

제나가 기다리는 사람이 내가 아닐지도 모르지만 상관하지 않았네. 나를 기다리는 거라고 내 멋대로 생각했어. 그만큼 절실했는지도 모르지. 찾아와 주는 사람 하나 없이 이대로 쓸쓸하게 떠나긴 싫었던 속내일지도 모르지.

오래전 떠난 아내가 살아 돌아온 기분이었어. 그래도 아는 척할 순 없었지. 정신 나간 노인네를 태우고 다녀 줄 사람은 경찰밖에 없는데……. 아니, 경찰도 제나처럼은 해 주지 않거든.

지난날에 대한 고백을 하자니 쑥스럽지만 죽기 전에 누군가한테 한번은 털어놓고 싶은 마음이라네. 제 엄마를 살려 달라고 찾아온 딸한테 그런 말은 하지 말았어야 했어.

꼴좋다고, 날 배신한 천벌이라고…….

사람부터 살리고 봐야 했는데, 무슨 오기가 발동해서 그랬던 걸까. 내가 어리석어서 저지른 과오겠지. 내 마음을 몰라주는 아내와 딸자식이 괘씸해서였겠지.

돈만 있으면 얼마든지 치료받고 나을 수 있는 병인데, 날 수전노 취급하며 돈을 하찮게 여기는 둘에게 돈의 위력을 본보기 삼아 보여 주려고 했던 건 아닌지. 그것도 하필이면 나와 살아 준 아내와 내 딸에게 말이지. 한 번만 더 찾아와

사정하면 못 이기는 척 내줄 참이었어. 이런 나를 치졸한 인간이라고 욕해도 할 말은 없네만 아무튼 딸은 그날 이후로 지금껏 나를 찾아오지 않았지.

아내에 대한 측은한 마음을 증오로 다스리면 안 되는 거였어. 그들이 오길 기다릴 게 아니라 내가 먼저 찾아갔어야 했는데……. 난 아내를 끝내 잃고 말았지. 그때부터이지 않았을까. 삶의 모든 의욕이 꺾이고 난 죽지 못해 살았지.

그랬던 내가 제나를 만나면서 어땠는지 아나? 맑은 하늘을 볼 때마다 기우제를 지내는 마음이었어. 평생 신을 모르고 살았는데 비 좀 내려 달라고 청했지. 그래야 제나가 올 테니까. 아내의 죽음을 방관했으면서, 하나뿐인 딸을 생지옥으로 밀어 넣고선 내 앞에 나타난 제나로 인해 나 혼자 신났지. 내가 생각해도 어이없네만 내가 그런 놈이었던 거지. 이기적이고 오만한…….

제나가 와 주길 바란 것도 결국은 이기적인 내 생각이네만…… 물에 빠진 놈 건져 놓았더니 보따리 내놓으란다고 욕하겠지? 기왕 염치없는 늙은이가 된 마당에 내 부탁 하나만 더 들어주게나.

시장 입구에서 본 젊은 여자를 쫓아갔던 날이다. 귀일

은 젊은 시절의 아내를 빼다 박은 딸의 이해도 용서도 받지 못한 채 쫓겨났다. 그리고 그날, 귀일의 숨통 하나가 막혔다. 그가 그토록 만나고 싶어 했던 사람은 아내였을까 딸이었을까 아니면, 둘 다였을까. 제나는 알 수 없었다. 그래도 귀일의 간절함이 그 끝에 달해 있었다는 것만은 알 듯했다.

✖

열여섯 번째로 찾아간 식당에서였다. 제나는 테이블을 닦고 있는 여자를 한눈에 알아봤다. 귀일의 이마와 눈매를 빼다 박았다.

"문금희 씨?"

여자는 시큰둥한 눈길로 제나를 힐끔거리고는 다시 제 할 일을 했다. 제나는 묵묵히 기다렸다. 아닌 척 굴지만 여자도 제나가 여간 신경이 쓰이는 게 아니었다. 테이블 하나를 차지하고 앉은 제나를 힐끔거리곤 말했다.

"뭐 드려요? 백반?"

식당에 왔으니 주문이나 하라는 투다.

"문귀일 씨의 부탁으로 왔습니다."

"사람 잘못 찾아왔어요. 난 박금희거든요. 주문할 거 아니면 비켜 주세요. 다른 손님 받아야 하니까 괜히 영업 방해하지 말고."

"그럼, 일 인분 주문하죠."

"일 인분은 안 받아요. 기본 이 인분!"

말에 가시가 돋쳤다. 제나는 여자와 말할 시간을 벌기 위해 먹지도 못할 음식을 기꺼이 주문했다.

인간은 자신을 닮은 아이를 낳는다. 겉모습뿐 아니라 속까지 닮은 아이를 말이다. '씨도둑질은 못 한다'는 인간의 말은 이런 때 쓰이는 것이리라. 여자는 귀일의 이마와 눈매뿐 아니라 똥고집까지 그대로 닮은 듯했다.

여자가 손님의 테이블을 닦는 동안 제나는 귀일의 유품 상자를 테이블에 올려놓고 말했다.

"문귀일 씨는 비 오는 날이면 자신이 있는 곳을 몰래 빠져나왔습니다. 몸 상태가 좋지 않은데도요. 아마도 따님을 만나기 위해서였을 겁니다. 매번 엉뚱한 곳만 빙빙 돌게 하더니 그날은 무슨 생각에서인지 음서시장으로 가자더군요. 그날도 다른 날처럼 비가 많이 내렸죠. 금희 씨는 지금의 내게 하듯이 문귀일 씨를 쌀쌀맞게 대했을 겁니다. 누구에게보다 포악하게 말이죠."

귀일이 사망했다는 말을 하려던 차였다.

"당신 뭐야? 뭔데 나와는 상관도 없는 사람을 들먹이는
건데? 나 박금희라고. 문귀일 모른다고."

"일주일 전에 사망했습니다, 문귀일 씨는……."

제나의 말에 여자는 아주 잠깐 넋이 나간 듯했다. 그러
나 곧 덤덤한 얼굴로 말했다.

"그런 노인네한테 빌붙어서 비위 맞추고 살았으면 어련
히 알아서 챙겼겠지. 뭘 또 뜯어먹을 게 있다고 날 찾아와
찾아오길!"

여자의 성난 손에 걷어차인 유품 상자가 테이블 밑으로
떨어졌다. 그 바람에 상자 안에 있던 부동산 등기부등본과
은행 통장들이 쏟아져 나왔다. 귀일이 그토록 아끼던 것들
이지만 여자에겐 이미 쓸모가 없어진 것들이다. 여자 앞에
떨어진 흑백사진 속 아빠와 엄마는 젊었다.

"생전 안 죽을 것처럼 굴더니 꼴좋네. 저승 간 엄마 얼굴
을 어떻게 볼지, 참!"

자조적인 웃음을 짓던 여자는 끝내 자신의 얼굴을 양손
에 묻었다. 집에서 놀고먹는 사람이 왜 아프냐고 엄살 부리
지 말라던 귀일이었다. 병원에 입원해야 한다는 엄마를 아
빠는 비웃었다. 집에서 노는 사람은 아프면 안 되냐고 엄마

는 따졌다. 이미 모멸감을 느낀 엄마는 이후 자신의 병을 아빠와 논하지 않았다. 아쉬운 병원비를 벌기 위해 아픈 몸으로 일을 나갔다. 아빠는 엄마를 찾아가 바람나 집 나간, 수치도 모르는 못된 여자라고 몰아세웠다.

그런 모욕을 당하고도 엄마는 아빠를 미워하지 말라고 했다. 딸만큼은 끔찍하게 예뻐했노라고 여자의 마음을 달랬다. 아빠의 미움을 산 엄마는 제대로 된 치료조차 받지 못하고 세상을 떠났다.

엄마의 장례를 알렸는데도 문귀일은 나타나지 않았다. 엄마를 화장하고 돌아온 그날로 여자는 부녀지간의 연을 끊었다. 그 전부터 마음은 이미 돌아서 있었다. 여자가 엄마의 성을 따 문금희에서 박금희가 된 것도 그 무렵이었다.

일찌감치 혼자가 된 여자는 독하게 살아 주겠노라고 스스로 다짐했다. 여자의 인생에 아빠는 없는 사람이었다. 그랬는데, 그랬는데 아빠 옆에 있는 엄마의 청춘이 담긴 흑백사진 한 장에 왈칵 눈물이 쏟아졌다. 그리움인지 서러움인지 알 수 없었다. 여자는 달력이 걸린 식당 벽만 멍하니 바라보았다.

제나는 여자가 귀일을 따라가고 있다고 여겼다. 차 앞 유리만 멍하니 바라보던 귀일처럼. 그렇다고 여자가 금방 죽을지도 모른다는 건 아니었다. 제나가 아는 한 인간은 한 번에 죽지 않는다. 정신이 죽고 육체가 뒤따라 죽는다. 육체가 먼저 죽는 경우도 흔했다.

─ 내 딸을 만나거든 그 아이가 어떤 막말을 하더라도 다 들어주고 하루만, 더도 말고 딱 하루만 그 아이 곁에 있어주게나.

제나는 귀일의 마지막 부탁을 들어줄 수밖에 없었다. 몸의 외피만 남아 있을 지금의 여자를 미리 알고서 귀일이 남긴 말일지도 몰랐다.

개발자 G

　　　　　　　　　　고립의 굴을 판 인간이 맞이할 결말은 비극이거나 파국이었다. 인간 행동의 결과값을 안다고 해도 나노봇 제나가 끼어들거나 조언할 여지는 없었다. 모든 것은 인간 개인의 선택이었다.

　제나는 귀일이 안치된 봉안당으로 향하고 있었다. 먹구름이 몰려오고 있어서는 아니었다. 귀일과의 약속을 지켰고, 또 그가 부탁했던 일의 결과를 전하기 위해서였다. 비가 차체로 후드득 쏟아지기 시작했다. 귀일을 만나러 가기 좋은 날이다.

　봉안당에 안치된 망자들은 아파트 창문을 닮은 한두 뼘

크기의 작은 창에 들어앉아 있었다. 행복시니어타운 생활복을 입고 있는 귀일의 사진은 맨 아래에 있었다. 귀일은 눈빛만 스쳐도 금방 바스러질 것 같은 미소를 머금고 있었다.

"새로 가신 곳은 마음에 드십니까? 유품 상자는 따님에게 잘 전달했고, 부탁하신 대로 따님 곁에 하루 있어 주었습니다. 먹지도 않을 백반을 십 인분이나 시키면서."

우르릉 쾅쾅! 봉안당에 울리는 천둥은 귀일의 대답이었을까. 제나는 그 소리에 작별을 고하고 돌아섰다. 천둥도 인기척도 아닌 소리는 그때였다. 기계가 돌아가는 소리인 것도 같고 바람이 휘돌아 나가는 소리 같기도 했다.

제나는 소리가 있는 쪽을 향해 움직였다. 망자가 사는 아파트 창 모퉁이를 돌아 소리와 마주한 순간이었다. 강렬한 빛의 소용돌이가 그곳에 있었다. 소용돌이의 눈이 열리고 그 안에서 제나가 입은 것과 똑같은 바디슈트 차림의 남자가 나오더니 제나 앞으로 다가섰다.

남자는 제나를 위아래로 훑고는 말했다.

"고덕시의 제1호 나노봇 라온제나?"

그 말에 제나는 그가 2059년의 고덕에서 왔음을 알았다. 이곳에선 누구도 제나를 소용돌이에서 나온 남자처럼 부르지 않는다. 남자의 얼굴엔 어떤 감정의 동요도 깃들어 있지 않았다.

"지금은 서울의 도로를, 아니 인간의 인생 숲을 누비는 제나죠. 당신은 누굽니까? 개발자 G? 주인님? ……아빠?"

제나는 남자의 정체가 궁금했다. 혹시 자신이 이곳으로 보내진 이유를 알고 있지는 않을까.

하지만 남자의 질문이 제나의 질문보다 빨랐다.

"아빠? 그사이 인간이라도 된 겁니까? 그 전에 묻겠습니다."

"……?"

"여긴 인간의 주검이 모여 있는 곳인데 인공지능 나노봇 제나가 왜 이런 데 있는 겁니까? 설마 죽은 인간을 만나러 온 겁니까? 인간들처럼?"

잠시나마 알았던 인간의 죽음을 애도하기 위해서? 아니면, 인간이 부탁했던 일의 결과를 알리기 위해서? 제나는 비를 피하기 위해서라고 일축했다.

"그런 당신은 왜 여기 왔습니까?"

"나는 개발자 G 아니, 고덕시의 책임자를 대리해서 제나를 미래로 데려가기 위해 온 서브 R입니다. 아무튼 인간들의 주검보관소인 이런 인간적인 곳에서 제나를 보게 되다니 의외군요. 개발자 G라면 지금 상황을 설명해 줄 수 있을 것도 같습니다만."

인간적인 장소? 그럴지도 몰랐다. 죽음을 모르는 로봇에게 죽음은 가장 인간적인 것일 수도. 인간은 언젠가 반드시 죽는다. 죽음은 고덕시의 인공지능 로봇과 인간을 현격히 다른 존재로 인지하게 만드는 지점이었다.

하지만 지금은 그런 게 중요하지는 않았다. 제나는 단도직입적으로 물었다.

"나를 왜 찾아온 겁니까?"

손님과의 숱한 타임루프에도 제나는 자신이 왔던 곳으로는 갈 수 없었다. 제나의 의문은 풀 수 없는 수수께끼처럼 꼬리에 꼬리를 물고 늘어졌다. 그렇게 얻은 답은 간단했다. 고덕시의 시험주행을 통과하지 못해 지금의 서울로 보내졌다. 고덕시에서 자신의 쓸모가 사라져서라고. 무엇보다 제나는 2059년의 고덕시나 개발자 G에 관해 아는 것이 별로 없었다.

그런데도 서브 R이 제나를 데려가겠다고 찾아왔다.

"왜 찾아온 거냐니? 고덕시로 돌아가지 않겠다는 말 같습니다. 제나는 개발자 G가 공들여 만든 나노봇입니다. 제나가 이곳에 오게 된 것은 개발자 G의 실수였어요."

"······실수라고요?"

"그렇습니다. 개발자 G는 오래전부터 인공지능 반려 나노봇 제작을 위해 심혈을 기울여 왔습니다. 그리고 끝내 라온제나를 완성했고요. 인간의 이동과 가사를 도와주고, 무엇보다 진짜 인간을 이해할 고덕시 최초의 나노봇을 말이죠. 납득하기 어렵겠죠. 그렇게 탄생한 제나가 이렇듯 엉뚱한 곳에 와 있으니 말입니다."

제나는 신개념 반려봇이었다. 그만큼 사람들의 기대를 한몸에 받았다. 제나가 처음 공개되던 날, 제나를 보기 위해 많은 사람이 모였다. 서브 R도 그곳에 있었다.

라온제나의 첫선은 개발자 G의 주도로 이루어졌다. 행사장 플랫폼에 있던 개발자 G는 먼저 자동차로 세팅된 제나에 탑승해 고덕시를 순회하고 돌아올 예정이었다. 그다음, 인간의 모습을 한 제나가 카봇에서 나오면 사람들에게 소개시키는 것으로. 하지만 개발자 G와 시범 운행에 들어간 제나는 사람들이 기다리는 출발점으로 돌아오지 못했다.

"심각한 오류가 발생했던 겁니다. 그것도 나중에서야 안 일이지만 말입니다. 기대에 부풀어 있던 사람들의 실망은 말로 다 표현할 수 없었습니다. 그보다 더 큰 문제는 그 상황을 설명하고 이해시켜야 할 반려 나노봇 프로젝트의 책임자인 개발자 G도 나타나지 않았다는 겁니다."

"나와 함께 사라졌다는 겁니까?"

하지만 서울에 떨어진 날, 제나는 분명 혼자였다.

"처음엔 그런 줄 알았는데 아니었습니다. 개발자 G를 그의 개발실에서 내가 찾아냈으니까. 개발자 G가 그러더군요. 제나를 완성했다는 들뜬 마음에 고덕시의 내비게이션을 챙기지 못했다고요. 제나의 궤도 이탈 원인이 거기에 있는 것 같다고. 철두철미한 개발자 G가 그런 실수를 하다니, 납득할 수 없었습니다. 나노봇에게 인간의 이름을 지어 줄 때부터 이상하긴 했어도 개발자 G가 하는 일이니 나로선 의견을 낼 입장이 아니었습니다."

고덕시의 로봇에겐 업무 유형에 따른 알파벳과, 소속과 근무지에 따른 번호가 조합된 이름이 주어졌다. 인간과 같은 이름이 붙는다는 건 있을 수 없는 일이었다. 서브 R이 개발자 G의 곁에 있으면서도 간과한 것이 있었으니, 개발자 G가 로봇을 벗어나 인간과 다름없는 존재를 추구했다는 사실이었다.

"그럼, 서브 R은 인공지능 로봇이겠군요?"

제나가 물었다.

"그렇습니다. 고덕시엔 저와 같은 인공지능 로봇들이 많습니다. 라온제나는 나 같은 로봇과는 다른, 특별한 능력을 지녔죠. 나중에야 안 일이지만 개발자 G는 제나에게 그 이상을 기대했던 것 같습니다."

"그게 뭡니까?"

"나도 잘은 모르지만 이상적인 인간만이 가질 수 있는 능력이라더군요. 개발자 G는 그것을 인간의 제1 능력이라고 표현했답니다."

"이상적인 인간이란 어떤 인간입니까?"

제나의 질문에 서브 R은 대답하지 못했다. 인공지능 로봇은 능력 면에서 진즉에 인간을 능가했다. 의료, 제조, 금융, 교육, 물류는 물론 예술의 영역까지도 말이다. 그들 덕분에 인간은 모든 면에서 실리를 취했다. 그만큼 또 불안감을 안고 살아야 했다. 언젠가는 아니, 곧 인공지능 로봇을 뛰어넘은 그 무엇이 인간을 대신하게 될지도 모른다는 두려움이었다.

그럼에도 개발자 G가 원하는 오직 인간만이 지닐 수 있다는 제1 능력에 대해 서브 R은 알지 못했다. 설명해 줄 수는 더더욱 없었다.

"나도 모릅니다. 하나는 분명합니다. 인간의 제1 능력을 습득한 인공지능이 있다면 제나가 첫 번째가 될지도 모른다는 것밖에……."

개발자 G가 뒤늦게 알려 준 것들이었다. 제나에게 인간
에 대한 데이터만 있었다고 해도 말이다. 아무리 고덕시의
내비게이션을 빠뜨렸다고 해도 말이다. 12구역 9번지로 가
는 길을 몰라 궤도를 이탈하더라도 말이다.

그런 제나가 시공간을 초월해 그들이 모르는 곳에 떨어
졌다는 사실은 실로 충격이었다. 그보다 더한 충격은 개발
자 G가 스스로 작동을 멈췄다는 사실이다. 로봇이 자살하
는 일이 고덕시에서 일어났다.

"고덕시는 지금 위기에 처해 있습니다. 인공지능 로봇의
숫자가 과하게 불어났기 때문이죠. 어떤 경우에라도 인간
이 우선이라는 제1 지침을 지키지 않는 로봇들이 나타난
겁니다. 개발자 G가 스스로 작동을 멈추기 전에 남긴 말
이 있습니다. 고덕시의 로봇들이 인간에게 반기를 드는 날
이 오면, 아니 그 전에 라온제나를 찾아 고덕으로 데려와
야 한다고요. 로봇의 문제를 해결할 수 있는 건 제나뿐이
라고."

그랬다. 인간은 자신들의 편익을 위해 인공지능 로봇을
고덕시에 도입했다. 그들의 숫자가 늘면서 인간은 위기감을
느끼기는 했으나 그래도 인간이 인공지능을 주도할 수 있

다고 여겼다. 나노봇 제나의 궤도 이탈에 인간은 자신들의 판단이 틀렸을지도 모른다는 경각심을 갖게 되었다.

개발자 G가 개발실에 홀로 있었다는 것을 안 사람들은 그의 실수를 문제 삼았다. 고덕시의 위기 이전에 개발자 G가 먼저 위기를 맞았다. 개발자 G가 스스로 작동을 멈춘 것으로 혼란의 상황이 일단락되었다. 로봇으로 인한 인간의 위기감은 더 팽배해졌다.

고덕시장은 사람들의 불안을 해소하기 위해서라도 사라진 제나를 찾아야 했다. 개발자 G가 없으니 그는 서브 R에게 명했다. 고덕시의 시공간을 벗어난 제나가 있는 곳을 알아내 어떻게든 데려오라고.

"제나는 나와 함께 돌아가야 합니다."

"……!"

제나는 자신의 메모리 속에 끊긴 문장처럼 남아 있는 개발자 G가 내내 궁금했었다. 하지만 개발자 G가 작동을 멈췄다면, 제나가 고덕시로 돌아가야 할 이유는 없었다. 고덕시에 관한 제나의 기억은 오직 개발자 G뿐이었다. 서브 R이 말하는 고덕시의 위기는 제나와 무관했다.

제나는 어쩌다 2025년의 서울로 오게 되었는지 아직도 모른다. 하지만 이곳에 적응해 가는 중이다. 아니, 처음부터 이곳에 있었던 듯했다. 이곳에서 만나는 사람들과 지내는 것이 좋기도 했다.

"제안은 고맙지만 나는 갈 수 없습니다."

제나는 끝내 거절했다.

"로봇의 지침을 따르지 않겠다는 겁니까? 고덕시장 명인데?"

"인간이 우선이란 지침이 꼭 고덕시에서만 실행되어야 하는 건 아니지 않습니까. 서브 R이 고덕시장의 명을 받고 왔다고 해도 내가 시장의 말에 따라야 할 이유는 없습니다."

서브 R은 난감했다. 개발자 G를 만나야 하지 않겠냐는 말이라도 할 수 있다면 좋으련만……. 개발자 G를 핑계 대기엔 늦었다. 그가 스스로 작동을 멈췄다는 것을 말해 버렸다.

"제나는 고덕시의 산물입니다. 지금 나와 함께 가지 않으면 혼자서는 고덕시로 돌아가고 싶어도 갈 수 없습니다. 만약, 제나의 기능에 이상이라도 생긴다면 어떻게 할 겁니까? 그래도 좋습니까?"

"그런 일이 생긴다고 해도 어쩔 수 없죠."

고덕시에 관한 정보가 미미한 제나에게 서브 R의 말은

통하지 않았다. 그렇다고 강제로 데려갈 수도 없는 일이었다. 하기는 뜬금없이 나타난 서브 R의 말을 듣고 순순히 따라올 제나는 아니다.

"제나의 뜻은 알겠습니다. 고덕시장에게도 그리 전하겠습니다. 하지만 제나를 다시 보게 된다면 그땐 나와 함께 가는 겁니다?"

서브 R은 한발 물러섰다.

"글쎄요. 개발자 G도 없는 고덕시에 내가 가야 할 내 나름의 이유가 생긴다면 그때 다시 생각해 보죠."

그럼에도 지금과 같은 기회가 다시 올 것 같지는 않았다. 인간의 주검보관소라? 제나는 서브 R이 했던 말을 곱씹으며 봉안당을 나왔다.

그새 비가 그쳤다. 개발자 G로 인한 제나 안의 메모리 버퍼링도 잠시 멈췄다.

러브 시그널

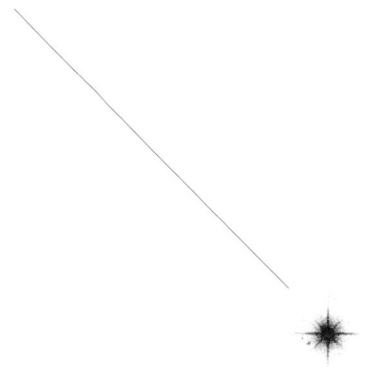

　　　　　　　　한낮의 태양과 마주한 건물의 불투명 유리 벽이 번쩍거렸다. 제나는 사물이 비치는 그 벽 앞에 서 있었다. 벽에 얼굴을 가까이 들이대기도 하고 또 떨어져서 보기도 하면서. 벽에 비친 바디슈트 차림의 여자가 제나의 행동을 그대로 따라 했다. 인간의 눈에 비친 제나의 모습이기도 했다.

　서브 R이 다녀간 후로 제나는 틈만 나면 인간의 제1 능력에 관해 생각했다. 불투명 유리 벽에 비친 겉모습을 말하는 건 아닐 터였다. 인간만이 가질 수 있는, 그것도 이상적인 인간만이 가질 수 있는 능력이란 것이 뭔지 알 수 없는 제나는 눈앞의 벽에 갇힌 여자 같았다.

제나가 갇혀 있는 벽으로 사람이 비쳐 들어왔다. 제나는 눈으로 그 사람을 쫓았다. 걸을 때마다 화려한 패턴의 원피스 자락이 일렁였다. 그의 옷을 복제하듯 제나의 바디슈트가 바뀌었다. 이제 쌍둥이처럼 똑같은 옷을 입은 여자 둘이 그곳에 있었다. 그중 한 명은 제나다. 인간을 능가하는 능력을 지닌 인공지능 나노봇! 하지만 제나의 겉모습은 여느 인간들과 크게 다르지 않았다.

제나는 함께했던 손님들의 타임루프를 떠올렸다. 그들에게 인간의 제1 능력이라고 할 만한 게 있었던가. 있었대도 제나가 그것을 판별하기는 어려웠다. 제나의 데이터에 이미 들어 있는, 결과값을 무력하게 만드는, 인간의 이해할 수 없는 선택을 경험하기는 했다.

"인공지능이 흉내 낼 수 없는 인간의 능력이겠지? 그렇다고 모든 인간이 다 지닌 것도 아니라잖아."

가장 먼저 임신부가 떠올랐다. 출산! 그것이야말로 인간의 제1 능력이다. 하지만 곧 고개를 저었다. 인간만이 새 생명을 낳는 건 아니다. 인간의 제1 능력에 관한 제나의 질문은 다시 원점으로 돌아왔다.

상념에 빠져 있는 사이, 제나가 옷차림을 복제한 여자가 사라졌다. 제나는 불투명 유리 벽에 비친 자신의 모습에서 돌아섰다. 그러고는 고층의 빌딩이 늘어선 거리를 배회했다.

저만치서 한 남자가 제나를 알아보고 다가왔다. 그렇게 마주치려는데, 제나가 남자를 피해 갔다. 그것도 아주 빠른 걸음으로. 남자는 뛰었다. 제나의 앞을 막고는 말했다.

"어디를 그리 급하게 가세요?"

제나는 눈앞의 남자를 그제야 쳐다봤다. 노란 참외, 고장 난 자전거, 두 블록 직진 후 좌회전. 제나는 남자에 대한 정보를 복기했다. 인위적으로 손쓰지 않는 한 한번 입력된 정보는 사라지지 않는다. 망각이 작용하는 인간의 뇌와는 비교 불가인 인공지능 나노봇의 뇌다.

"제나에게 무슨 용건이라도?"

"우리, 구면이잖아요."

"구면이 길을 막는다는 뜻은 아닌데요."

"참, 딱딱하시네. 하마터면 몰라볼 뻔했어요. 전과는 전혀 다른 모습이라서……. 근데 보기 좋습니다. 전에도, 지금도……. 제가 누군지 모르겠어요? 기억 안 나요? 내 자전거를 고쳐 줬잖아요."

시명은 제나가 자신을 기억 못 하는 건 아닌가 싶어 고장 낸 자전거로 확인시켜 주었다.

"······고쳐 줬으면 뭐가 다릅니까?"

제나는 뒤로 한 발짝 물러섰다.

"이것도 인연인데, 시간 괜찮으면 차라도 한잔하면 좋겠다는 거죠."

햇빛이 강렬하기는 했다. 인간에겐 피하고 싶은 땡볕이겠으나 제나에겐 에너지 충전이 필요했다. 서브 R이 주고 간 수수께끼를 푸느라 방전 직전이다. 아까만 해도 여자의 옷차림을 따라 해서 과하게 에너지를 쓴 참이었다.

제나는 눈을 찡그리지도 않고 하늘을 정면으로 응시했다. 시명이 보기엔 시력을 버리기 딱 좋을 행동이었다. 시명은 잔소리 대신 제나의 이마 위에 양손을 올려 그늘을 만들었다. 이게 뭐 하는 행동이지? 알 수 없는 제나는 머리부터 발끝까지 시명을 스캔했다. 제나의 시선을 의식한 그가 어색함을 털어 내고 말했다.

"아, 이 옷이요? 영화 시사회에 초대받았거든요. 어때요? 옷걸이가 상급은 아니지만 전에 봤을 때랑 비교하면 조금은 봐줄 만하지 않아요?"

시명은 폼을 잡듯 재킷의 깃을 빳빳이 세웠다. 벌써 삼 년이 흘렀다. 꼬박 두 해 동안 시명은 판타지 소설을 연재

했고 결국 완결했다. 소행성으로 돌아간 생텍쥐페리의 어린왕자가 행성의 충돌로 별똥별을 타고 서울에 와서 이야기 수선공을 만나 우정과 사랑을 쌓아 가는 이야기를.

독자 반응이 괜찮긴 했지만 폭발적이진 않았다. 영상화 판권 계약이 성사된 것은, 시명의 가슴에 박힌 제나와는 견줄 순 없겠지만, 시명의 작품에 꽂힌 감독을 만나서였다. 운이 좋았다고 봐야 했다. 시나리오 작업도 배우 캐스팅도 전적으로 감독이 맡았다. 유명한 감독 덕분에 영화는 크랭크업까지 일사천리로 성사되었다.

남들은 어렵게 가는 과정들이 너무 순조로워서 시명은 의구심이 들기도 했다. 다행히 사기는 아니어서 오늘 《어린왕자의 귀환: 서울 오디세이》의 관계자 시사회가 진행됐다. 시명은 원작자 자격으로 참석했다. 그것만으로도 기쁨이 충만한데, 의외의 장소에서 제나를 이렇게 다시 만나게 될 줄이야. 시명은 반가움과 기쁨을 말로 다 표현할 수 없었다.

시명은 제나와의 재회를 숱하게 상상했다. 그렇다 보니 지금 쓰고 있는 소설 속 인물이 알게 모르게 제나로 분할 때도 많았다. 이야기의 설계도는 있으나 마나였다. 시명은 썼다가 지우고 다시 쓰기를 반복했다. 이건 꼭 제나 때문만은 아니었지만, 어쨌든 시명의 소설은 제나로 인해 더 고전을 면치 못했다. 이렇게 갈팡질팡할 바엔 차라리 제나를 주인공으로 다시 쓰는 게 나을 지경이었다. 시명은 끝내 그동안 쓴 원고를 갈아엎었다.

외계에서 온 여자를 사랑한, 이름 없는 작가의 외사랑 이야기를 새로 구상했다. 그의 짝사랑이 노트북 모니터에 가득 채워졌다. 시명 홀로 애틋하고 짜릿한 대사들이었다. 이야기는 날개를 달고 훨훨 날아가야 했다. 그러나 시명의 사심에서 출발한 외계인 제나의 이야기는 어느 순간 멈춰 버렸다.

그도 그럴 것이 글로 연애를 시작한 시명은 주인공 제나의 의중을 파악하기 어려웠다. 그녀를 좋아하는 마음이 크면 클수록, 자신의 마음을 들킬면 들킬수록 시명의 로맨스는 방향을 잃고 또 헤맸다. 도무지 진도가 나가질 않았다.

그 와중에 자신의 작품을 원작으로 한 영화의 시사회 초대를 받아 나온 것이다. 그 길에 뜻밖에도 제나를 만났으니 시명이 싱글벙글인 것은 두말할 필요도 없었다. 땡볕에 시명의 이성이 엿가락 늘어지듯 늘어졌다.

그렇다고 시명이 자신의 소설 안에서나 지금의 현실에서나 제나의 마음을 알아챌 수 있는 것은 아니었다.

"멋진…… 옷이네요."

제나가 말했다.

"무슨 칭찬을 일말의 미소도 없이 그렇게 냉랭한 얼굴로 한답니까?"

시명의 핀잔에도 제나는 여전히 무표정으로 일관했다.

"……?"

"저를 잘 보세요. 이 눈에서 뭔가가 뻥튀기처럼 막 튀어 나오는 것 같지 않아요? 예를 들면 하트 같은? 그게 아니면 끈적끈적한 꿀? 아, 다 모르겠고, 오늘 진짜 아름답네요. 저번에 본 옷도 멋졌어요. 외계에서 온 사람처럼 아이디어가 막 떠오르게 만드는 게……."

시명의 호들갑에도 제나는 변함이 없었다. 그렇다고 갑자기 나타난 시명으로 인해 당혹했다거나 불쾌해하는 것 같지도 않았다. 제나의 무표정은 시명을 더욱 애간장 타게 했다.

"제 말만 했네요. 기분이 상했다면 사과할게요. 우리 여기서 이러지 말고 식사? 아니면 차 한잔이라도."

냉랭한 제나의 태도에 시명은 자꾸 위축되었다. 자전거가 망가졌던 날, 제나는 호의를 베풀었다. 시명은 그게 자신에 대한 호감의 표시라고 철석같이 믿었다. 지금 보니 착각이었나 보다. 마흔 가깝도록 제대로 된 연애 한 번 못 해 봤다. 시명이 연애소설을 쓰지 않는 것도 그런 이유에서다. 여자 주인공의 감정을 마주하자면 글이 턱 막혔다. 어떻게 써야 할지 몰랐다.

그런 시명이 제나를 만나고는 연애소설이 쓰고 싶어졌다. 쓸 수 있을 것 같았다. 결국엔 막혀서 중단하고 말았지만. 시명은 눈앞에 있는 제나의 얼굴에서 아무것도 읽어 내지 못했다. 그러면서 무슨 연애소설을 쓴다고.

그럼에도 사랑에 단단히 빠진 시명이다. 중단된 연애소설이야 아무래도 상관없었다. 제나가 지금처럼 곁에만 있어 준다면, 다짜고짜 만나 보고 싶다는 시명의 말은 그래서였다.

"이미 만난 것 아닌가요? 이렇게 서로의 앞에 있잖아요."

제나가 고개를 살짝 갸우뚱하고 말했다.

"농담도 참, 눈 하나 끔쩍 안 하고 하시네요."

계속 만나는 건 싫다는 뜻이리라. 속이 쓰리긴 했지만 시명은 웃어넘겼다. 제나가 집에 데려다주겠다고 했던 때부터 자라기 시작한 마음인데 말이다. 글을 쓸 때도 그 안의 대사들이 몽땅 제나에게 하는 말들로 둔갑해 버렸는데 말이다. 시명의 마음을 모른 척하는 제나가 시명은 얄밉지도 않았다. 제나는 그날로 시명을 잊었을 테지만 시명은 매일 홀로 그리운 사투의 나날을 보낸 터였다. 지난번에 진 빚도 있고 하니 오늘은 무조건 시간을 좀 내 달라고 억지 아닌 억지를 부려 본다.

"제게 시간을 좀 내주세요. 네?"

제나는 시명이 한 말을 앵무새처럼 따라 했다. 그런다고 인간의 제1 능력이 생길 리 없지만 저도 모르게 따라 했다. 인간은 부탁을 자주 한다. 의견을 묻기도 한다. '인간이 우선'이라는 로봇의 제1 지침이 아니더라도 제나는 시명의 부탁을 거절하지 않았다.

당신을 어떻게 사랑하지 않을 수가 있겠어. 시명이 마음속으로 한 혼잣말이었다. 그런데 제나가 "당신을 어떻게 사랑하지 않을 수가 있겠어"라고 자신의 말을 따라 하는 걸 듣고는 시명은 정신이 번쩍했다. 자신의 마음이 입 밖으로 나온 줄은 생각도 못 하고서.

제나가 시명의 말을 그대로 따라 한 것은 적절한 대답을 찾지 못해서였다. 인간의 제1 능력이란 것이 사랑은 아닐까. 누군가는 인간이 더욱 강해질 수 있도록 채찍질하는 것이 사랑이라고 했고, 누군가는 인간의 고통을 함께 나누는 동정심을 사랑이라 했고, 누군가는 인간의 성교를 사랑이라

했고, 또 누군가는 상대가 행복하기를 바라는 마음이 사랑이라고 했다.

제나는 렌즈를 닦듯이 눈을 감았다가 다시 떴다. 유리벽에 갇혀 있던 화려한 원피스의 눈부처가 시명의 눈동자에 들어앉아 있었다.

×

제나는 인간을 위해 카페에 갔고, 그다음에 만나서는 영화를 봤고, 연인들처럼 공원을 산책했다. 시명의 연애가 그렇게 시작됐다. 인간의 연애라는 게 제나에게는 몹시도 난감한 상황의 연속이 될 줄은 몰랐다.

연애의 절반이 먹는 것과 관계되어 있었다. 음식이 문제였다. 하루 세 끼를 먹는 인간은 그 외에도 수시로 뭔가를 입에 넣었다. 제나는 태양에서 에너지를 얻었다. 인간의 음식은 먹지 않는다고 말했지만 시명은 농담으로 받아들였다. 고깃집에 들어가서는 고기를 구워 권했다. 제나의 입으로 들어가는 고기를 보기 위해 시명은 한참을 인내했다.

"어떻게 한 번을 안 먹어요? 햇빛을 먹는다는 말도 안 되는 소린 그만하고 제발 한 입만 먹자고요! 응?"

시명의 애교에 제나는 입을 벌리기는커녕 더 앙다물었다. 왜 이렇게 먹이지 못해 안달일까. 이것이 인간의 사랑이라면 시시했다. 제나의 메모리에 있는 인간의 위대하고 숭고한 사랑의 사례들은 다 어디로 간 거지? 제나가 사실을 말해도 시명이 믿지 않으니 인간의 방식으로 말하는 수밖에 없었다. 소화가 안 된다거나 배가 아프다거나. 어느 순간엔 거식증 환자가 되거나 이미 너무 많이 먹은 인간이 되어야 했다.

"먹는 걸 통 볼 수가 없으니 큰일이네. 나랑 병원에 가요. 검사받아 보는 게 좋겠어요."

"뭘 먹으란 소리만 하지 않으면 제나는 괜찮습니다."

"다 먹기 위해 사는 건데, 먹으란 말만 하지 말라니? 그런 말이 어딨어요? 내 앞에서 먹는 게 부담스러워서 그런 거라면 그러지 않아도 돼요."

음식이 둘의 갈등을 부추겼다. 어떻게 해야 제나가 인공지능 나노봇이란 사실을 믿어 줄 거냐고 나서면 시명은 됐다며 시무룩한 얼굴이 되었다. 인간의 제1 능력이 음식을 먹는 거라면 제나는 영원히 얻지 못하리라. 하지만 서브 R은 로봇 중에 인간의 제1 능력을 얻는 로봇이 있다면 제나가 첫 번째가 될 것이라고 했다.

"제나 씨가 안 먹으니 나도 입맛이 없네. 그만 나가요, 우리."

시명은 웃지 않았다. 같이 먹지 않는다는 게 이렇게 비통해할 일인가. 제나는 주문한 음식은 먹고 가야 하지 않겠냐고 했다. 시명은 괜히 외로웠다. 혼자 먹겠다고 비싼 고깃집에 온 게 아닌데 말이다.

"의무감 때문이라면……."

이러지 않아도 된다는 말을 하려다 관두었다. 초심을 잃지 말자. 의무감이든 뭐든 상관없다. 제나를 원한 건 자신이지 않은가. 시명은 조금씩 불어나는 자신의 욕심에 한숨을 내쉬었다.

"인간은 상당히 까다로운 존재군요."

인간이 아닌 듯 말하는 제나를 시명이 싫어한다는 걸 알면서도 제나는 어쩔 수가 없었다. 아무리 인간의 말을 우선순위에 두더라도 고기를 먹어 달라는 부탁은 들어줄 수 없었다. '사귄다'는 시명의 말도 어려웠다. 그것이 시공간을 공유하는 일이라면 둘은 사귀는 게 맞다. 하지만 시명의 언행을 보자면 제나는 뭐가 뭔지 이해되지 않았다.

애초에 인간은 세상의 사물을 그들의 언어로 재창조했다. 유형의 것들이 인간에 의해 이름을 얻고, 무형의 것들이 인간의 언어로 규정되었다. 제나 또한 인간에 의해서, 인간을 위해서 세상에 나왔다. 인간의 말을 이해하는 데 부족함이 없어야 했는데……. 제나는 그렇지 못했다. 2059년의 인간과 지금의 인간이 달라서일까? 제나는 인간의 말과 행동이 보여 주는, 메모리 텍스트만으로는 알 수 없는 뉘앙스라는 것으로 인해 곤혹스러움을 겪었다.

언젠가부터 시명은 자신이 쓰고 있다는 이야기를 제나에게 들려주기 시작했다. 그렇게 시명의 연애가 먹는 것에서 말하는 것으로 바뀌면서 시명은 먹는 것으로 제나를, 아니 자신을 괴롭히는 일을 더는 하지 않게 되었다.

"남주의 말과 행동에 적극적인 반응을 보이는 여주거든요. 토할 때까지 음식을 먹는 건 좀 기괴한데 소리를 듣지 못한다는 설정이라 시각적인 행동에 집착하는 면이 있어요. 먹는 것으로 자신의 마음을 보여 주는 거죠."

시명이 쓰고 있는 작품의 여자 주인공은 그가 첫눈에 반하고 만, 눈 깜짝할 사이에 망가진 자전거를 고치는 능력을 지녔다. 제나가 모델이었다. 시명에게 끊임없이 영감을 불러일으키는 흥미로운 뮤즈 제나.

시명은 할리우드 액션을 하는 화려한 변사가 되어 이야

기를 이어 나갔다. 제나는 덤덤한 표정이다. 뭐, 늘 그렇기는 했다. 내 얘기를 듣고는 있는 걸까. 자신의 얘기라는 걸 짐작은 할까. 시명은 제나의 마음은 고사하고 눈썹 하나도 제대로 흔들지 못했다. 얘기가 늘어지고 시명이 끝내 의기소침해지던 그때였다.

"차라리 남주가 과식증에 걸리는 게 낫지 않아요?"

제나는 시명이 자신을 염두에 두고 쓴 소설이란 것을 알았다. 한편으로 인간의 제1 능력이란 게 이런 것인가 싶기도 했다. 마음에 겹겹의 옷을 입히는? 형상을 있는 그대로 표현하지 않고, 생각한 것을 그대로 말하지 않는……. 제나는 인간에 대해 알겠다 싶으면서도 그만큼 또 알 수 없었다.

"내게 깨우침을 주는 역행보살이지, 제나는……."

시명의 말을 제나는 이해하기 힘들었다. 정상으로 보이는 인간 귀일의 비정상 상태를 구분하는 일만큼이나 어려웠다. 이해는 못 했다만 긍정적인 말을 해 주는 것이 인간을 위해 좋다는 것을 제나는 그간의 경험으로 터득했다. 앞서 했던 남주의 과식증을 지우고 다시 말했다.

"여주가 끊임없이 음식을 먹는 건 남주가 그 모습을 좋아했기 때문이겠죠. 소리를 듣지 못하는 여주 입장에선 남주에게 뭐든 증명해 보여야 할 테니까. 청각을 시각화하기는 쉽지 않으니까, 괜찮아 보여요. 흥미롭네요. 그래서 그다음은 어떻게 흘러가는데요?"

제나는 여전히 무표정이었지만 시명은 살짝 감동했다. 아니, 아주 많이 감동했다. 제나가 표정을 짓지 않는 건 이해할 수 있다. 제나는 원래 그런 여자다. 제나와 함께 있자면 유치한 장난질도 애교를 부리는 것도 수다를 떠는 것도 제나 몫의 음식을 먹어야 하는 것도 다 시명의 몫이다. 하지만 그 모두를 기꺼이 감수했다.

수요일 오후 네 시. 뒷골목의 카페는 한적했다. 손님이라곤 시명과 제나뿐이었다. 시명은 저도 모르게 제나의 무릎에 손가락을 얹었다. 제나가 예의 그 무표정한 얼굴로 시명을 쳐다봤다.

"……헉. 손에 발이 달렸나? 너, 이리 안 와!"

능청스럽게 손을 거두는 시명이다. 그러곤 제나의 눈치를 본다.

이건……, 일종의 시그널인가? 남녀가 짝짓기할 때 하는 몸짓? 제나는 지금이야말로 자신의 실체를 명확히 알릴 때라고 여겼다. 2059년 고덕시에서의 시범주행 중에 일어난 에러로 인해 과거의 시공간에 떨어진 인공지능 나노봇 라온제나에 관해서. 제나는 미래의 고덕으로 돌아가지 않겠다고 서브 R에게 말했지만 또 모를 일이다.

시명이 제나의 얘기들을 믿어 줄까? 이번에도 농담을 진담처럼 한다고 손사래를 칠지도 모른다. 그래도 한 번은 해야만 했다. 제나의 고백을 진지하게 듣고 있던 시명이 느닷없이 배꼽을 쥐고 깔깔거렸다. 그러고는 그 이야기 참, 완벽하다며 칭찬했다.

"여주의 비하인드 스토리를 못 찾아서 고민 중이었는데, 제나 씨의 지금 얘기라면 완벽해요. 미래에서 온 여주인 거죠. 그래서 남주의 마음을 이해하는 데 세대 차? 뭐 그런 게 있다고 하면, 진짜 완벽한 설정이네요."

"내 말을 믿지 않는군요. 아니면, 당신이 사랑하는 대상이 인공지능 나노봇이란 걸 믿고 싶지 않은 건가요?"

"……!"

시명은 뒤통수를 얻어 맞은 것처럼 멍했다. 저 깊고 그윽한 눈동자. 말할 때마다 달싹이는 입술. 물컹하게 만져지는 뺨. 제나가 움직일 때마다 일렁이는 가슴은? 저게 다 가짜라고? 그럴 리가 없었다.

"……미래에서 온 인공지능 나노봇의 연애소설은 나보다 제나가 훨씬 더 잘 쓰겠는걸요. 암튼 고마워요. 제나 얘기

를 들으니까 나의 뇌리로 섬광 같은 아이디어들이 막 들이
치는 것 같아."

시명은 가방에 든 태블릿 단말기를 꺼냈다. 지금의 아이
디어를 메모해 둬야 했다. 그런데 전원이 켜지지 않는다. 하
필 이런 순간에 방전이라니. 시명은 싱거운 사람처럼 실실
웃기만 했다.

제나가 태블릿 단말기의 충전구멍에 손가락을 갖다 댔
다. 제나의 손가락이 변형을 일으키더니 단말기 안으로 쏙
들어갔다. 곧 전원이 들어왔다. 시명은 눈이 휘둥그레진 것
도 모자라 까무러치기 일보 직전이었다. 그사이 충전을 완
료한 제나는 더 이상의 설명도 없이 유유히 카페 문을 열
고 밖으로 나갔다.

뒤늦게 화들짝 정신이 돌아온 시명은 제나를 쫓아 나갔
다. 간발의 차였다. 제나는 보이지 않았다. 시명이 꿈인가
생시인가 혼란스러워하던 그때였다.

"타세요. 작가님 집까지 데려다줄게요."

시명의 자전거와 맞부딪친 바로 그 차다. 시명은 그날처
럼 차 안을 들여다봤다. 하지만 시명이 아는 제나는 그곳
에 없었다. 트렁크 안까지 확인했지만 보이지 않았다. 차에
서 들려오는 어서 타라는 목소리는 분명 제나의 그것인데

말이다.

"지, 진짜 너야?"

시명은 현기증에 머리가 핑 돌았다.

카르마

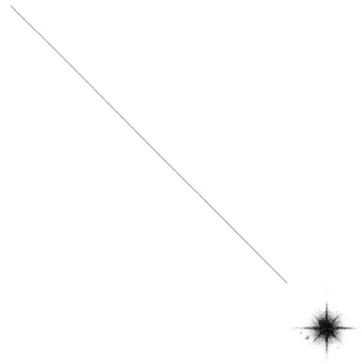

　　　　　　　　　제나는 확실하게 들었다. 봉
안당에 있는 제나를 보며 인간이 다 된 것 같다던 서브 R
의 혼잣말을. 그건 제나가 이미 인간의 제1 능력을 갖췄다
는 뜻이 아니었을까. 제나는 그것이 무엇인지 알아내기 위
해 노력했다. 임신부의 출산도 인간의 식욕도 사랑도 아니
었다. 제1 능력에 관해 생각할 때면 제나의 시스템에 매번
과부하가 걸렸다. 쉬어야 했다. 손님을 태우기에 좋은 컨디
션이 아니었다.

　제나는 잠시 정차했다. 그 틈에 누군가 차 문을 덜컥 열
었다. 신경질적으로 보이는 육십 중반의 남자였다. 쫓기듯

차에 탄 그는 아들을 향해 어서 타라는 수신호를 보냈다.

기정의 다급한 손짓에도 한석은 주춤거렸다. 어쩌다 이 지경까지 왔는지 짜증이 밀려왔다. 유튜버와 기자 몇몇이 그들 부자를 바짝 쫓아오고 있었다.

"잡히고 싶어? 어서 타!"

기정의 우격다짐에 한석은 어쩔 수 없이 차에 올라탔다. 문이 닫히고 나서야 기정은 빈 차라는 사실을 알았다. 거기까지 쫓아온 이들 때문에 금방 내릴 수는 없었다. 두 사람은 차 안에 그대로 숨었다.

"이제 나, 학교는 못 다니는 거야?"

한석이 예민해질 대로 예민해져 있는 기정에게 볼멘소리 했다.

"못난 놈! 내가 있는 한 그런 일은 절대 없어! 그리고 그게 언제 적 일인데, 다 끝난 일을 들춰서 뭘 어쩌겠단 거야! 멍청한 것들."

"그때 사과하고 끝냈으면……."

"사내자식이 물러 터져서는. 쯧쯧쯧. 우린 잘못한 거 없어. 애초에 싹을 잘라 놨어야 했어. 내 아들도 모자라 이젠 내 앞날까지 초를 치려고 들어? 뭐, 피해자? 허허허."

기정은 생각할수록 분이 솟구쳤다. 꽉 움켜쥔 주먹으로

퍼런 핏대가 올라섰다.

"솔직히 아빠는 살 만큼 살았잖아. 해 보고 싶은 것도 다 해 보고."

"그게 아들이란 녀석이 애비한테 할 소리야. 쯧쯧쯧"

"나 유학 갈래. 여기선 학교 못 다닐 것 같아."

"넌 걱정할 것 없어. 아빠가 다 알아서 할 거니까."

기정은 불안에 떠는 아들의 다리 위에 손을 얹었다. 그러곤 바짝 다가온 기자들에게 들킬까 싶어 의자 밑으로 고개를 숙였다. 이상한 일은 그때에 벌어졌다. 저절로 시동이 걸리고 차가 움직였다.

"아, 아빠! 차가 움직여."

기정과 한석은 어리둥절했다. 한편으로 쫓아온 이들을 따돌릴 수 있어서 기정은 안도했다. 쫓기는 상황이 아니었다면 기사가 대기 중인 자신의 차로 갔을 것이다. 하지만 기정이 학교에 있다는 걸 어떻게 알았는지 기자들이 일찍부터 진을 치고 있었다. 그들에게 꼬투리라도 잡히면 부정적인 기사가 언론은 물론 유튜브 채널에도 도배될 것이었다.

기정은 자신을 쫓는 눈들을 피해 어떻게든 아들의 학교에서 벗어나야 했다. 마침 정차된 차가 거기에 있었다. 자신의 차가 있는 곳까지 가기엔 상황이 좋지 않았다. 기정은 정체불명의 차에 무작정 올라탔다.

벌써 팔 년 전 일이다. 그 일이 이 중요한 순간에 발목을 잡을 줄이야. 기정은 상상도 못 했다. 한석이 중학생 때 같은 반 학생에게 폭력을 휘두르고 가스라이팅을 했다는 기사가 인터넷 거미줄을 타고 번졌다. 기정이 권익위원장 임명을 앞둔 시점이었다.

기정은 가짜 뉴스라고 일축했다. 최초 유포자는 물론이고 이를 퍼 나르는 이들까지 전부 명예훼손으로 고소하겠다고 공언했다. 한편으로 학교 재단 이사장을 만나 확실히 마무리를 해 두려던 참인데 어디서 정보가 샜는지 알 수 없었다.

"쥐새끼 같은 놈들!"

기정은 어금니를 악문 채 중얼거렸다. 그러고는 차창 밖을 보려는데 밖이 보이지 않는다. 온통 깜깜했다. 그럴 리가 없다. 겨우 오후 네 시다. 이거 정체가 뭐야? 불길함을 억누른 기정은 계기판에 대고 강남역으로 가자고 소리쳤다. 기사에겐 강남역에 가서 기다리라고 말해 놓은 상태였다.

우르릉 쾅쾅! 이번에는 천둥 번개가 쳤다. 그와 함께 차량의 계기판 숫자와 바늘이 제멋대로 움직였다. 부자는 사색이 된 얼굴로 벌벌 떨었다. 기정은 깜깜해서 아무것도 보이지 않는 밖을 내다봤다. 장대비가 차 위로 쏟아져 탈곡기가 쉴 새 없이 돌아가는 듯했다.

"저승사자 마중이라도 가는 거야, 뭐야?"

"다 아빠 때문이야. 난 타고 싶지 않았는데 괜히 타라고 야단해서."

"지금이라도 내리든가, 그럼."

"……!"

한석이 제 아빠를 가자미눈으로 쳐다봤다.

타닥거리던 빗소리가 잦아드는가 싶더니 차창으로 햇살이 들이쳤다. 기정이 밖을 내다봤다. 어느새 강남역이다. 기정이 계기판에 대고 어서 문을 열라고 큰소리치더니 차에 탈 때처럼 내릴 때도 부리나케 뒤꽁무니를 뺐다.

"이런 형편없는 차를, 내 다시 타나 봐라!"

기정은 구둣발로 차를 쾅, 찼다. 그러고는 자신의 차를 찾아 두리번거렸다. 벌써 와서 기다리고 있어야 할 차가 보이지 않는다. 기정은 핸드폰을 꺼내 들더니 통화가 연결되기 무섭게 언성부터 높였다.

"구 번 출구 쪽에서 대기하라고 했잖아. 당장 이리로 와! ……뭐? ……뭐라고? 영화관 앞?"

기정은 핸드폰을 귀에 댄 채 고개를 젖혔다. 영화관이 있는 건물이라니? 내가 지금 거기 있는데 무슨 소리람. 기정은 주변을 눈길로 휘둘렀다. 어디에도 차가 보이지 않았다. 이젠 거짓말까지? 기정은 당장 오지 않으면 해고를 각오하는 게 좋을 거라고 기사를 겁박하고는 통화를 종료했다.

한석도 기정을 따라 차를 찾던 중이었다. 한석이 짜증을 내며 지하철 출입구로 고개를 돌리던 그때였다. 낯익은 얼굴이 출입구 계단에서 둥실 떠오르듯 나타났다. 교복 차림의 남학생 서너 명과 같이 있는 남자. 분명 시명이었다. 한석의 중학생 시절 담임이었던 시명이 학생들과 같이 있다. 한석은 당황했다.

"아빠, 차시명, 다시는 선생질 못 한다고 하지 않았어? 어떻게 된 거야, 이게?"

놀라기는 기정도 마찬가지였다. 다른 학교에 채용되었나? 그럴 리가. 시명이 한석의 학폭을 문제 삼던 그때 기정은 그가 다시는 교단에 설 수 없게 조치했다. 교육청에 손써서 시명의 교사 자격을 박탈해 버린 것이다. 그러니 교사 사칭이 아니고서야 시명이 학생들과 있을 수는 없었다.

기정은 자신들 앞으로 다가오는 시명을 멀뚱멀뚱 바라보기만 했다.

"한석이 아버님 아니세요? 이런 데서 다 뵙네요. 잘 지내시죠?"

"그런 차 선생은 어떻게 된 거지요?"

어떻게 아직도 교사 노릇을 하고 있냐는 뜻이었지만, 시명은 엉뚱한 말만 늘어놓았다.

"학생들과 영화 보러 왔습니다. 혹시, 아버님도 저희와 같이? 야, 우한석! 아버님 모시고 올 거면 미리 알려 줬어야지. 얘들아, 한석이 아버지한테 인사드려야지."

"안녕하세요!"

시명의 말에 학생들이 일제히 인사했다. 기정은 고개를 갸웃했다. 분명히 밥줄을 끊어 놓았는데…….

"차 선생, 아직도 학생들 가르칩니까?"

"아직도라뇨? 그게 무슨 말씀이세요? 저, 임용고시 합격하고 올해 처음 발령받았습니다."

이게 무슨 얼토당토않은 소리란 말인가. 기정은 당혹스러웠다. 그리고 중학교 이 학년 때 한석과 같은 반이던 학생들과 시명이 같이 있다는 사실에 경악했다. 기정의 귀에 대고 한석이 속삭이듯 말했다.

"이상해. 아무 차나 타고 빨리 집에 가자. 응?"

기정 역시 뭔가 석연치 않다고 여기던 차였다. 기정은 먼 시선으로 강남역 일대를 훑었다. 아까는 눈치채지 못했는데 다시 보니 거리 풍경이 낯설었다. 오래전 사라진 가게 간판이 버젓이 있는가 하면 얼마 전만 해도 공사 중이던 곳에 옛 건물이 있었다.

"차 선생? 지금이 몇 년도죠?"

기정은 멍청한 질문이라는 것을 알면서도 했다.

"이천십칠 년인데요. 왜 그러십니까?"

시명이 눈을 끔뻑이다가 말했다.

"아, 아무것도 아닙니다."

"한석아, 아버님은 바쁘신 것 같으니 보내드리고, 넌 우리랑 같이 영화 보러 가자."

한석은 대학생인 자신을 중학생 취급하는 것도 모자라 아직도 담임인 줄 착각하는 시명에 비위가 상했다. 자신의 어깨에 팔을 두르고 친한 척 구는 그를 팔꿈치로 밀었다. 한석의 행동에 시명은 물론이고 같이 있던 학생들까지 황당한 표정으로 쳐다봤다.

"어디서 개수작이야? 내가 당신이랑 영화를 왜 봐야 하는데? 이제 와서 복수라도 하겠단 거야, 뭐야? 아, 씨발!"

"복수라니? 아무리 학업 스트레스가 많다지만, 그래도 내가 네 담임선생인데 무슨 말버릇이야? 아버님도 계시니 오늘은 내가 참는다."

시명이 연기하는 것 같지는 않았다. 보고 있던 기정이 시명과 실랑이하는 한석을 제 곁으로 끌어당겼다.

"죄송합니다. 영화는 다음에 보기로 하죠. 한석인 오늘 저와 따로 볼일이 있어서."

그러자 시명이 알겠다며 학생들과 영화관 건물 안으로 사라졌다. 기정과 둘이 남게 된 한석이 "갑자기 웬 고분고분?"이냐며 툴툴댔다.

"내 말 잘 들어. 이건 하늘이 우리에게 준 기회야. 다시없을 기회라고."

"무슨 기회?"

"우리가 탄 그 괴물차가 우리를 이천십칠 년 칠월 육일로 데려다 놨단 말이지. 차시명이 거짓말했다고 해도 강남역 풍경까지 바꿀 순 없지. 내가 아는 한 우린 지금 이천십칠 년 강남역에 와 있는 거야."

"……네?"

과거로 왔다는 말에 한석은 혼비백산했다.

"우한석! 지금부터 정신 똑바로 차려라! 고민수, 아직 살아 있을 거다. 그놈만 찾으면 모든 게 완벽해져."

기정은 회심의 미소를 지었다. 어쩌다 과거로 오게 되었는지는 중요하지 않았다. 알 필요도 없었다.

팔 년 전, 한석에게 학교폭력을 당했다는 민수는 아파트 옥상에서 뛰어내리고야 말았다. 그때에도 발견되지 않은 민수의 유서가 공교롭게도 기정의 고위직 임명 청문회를 앞둔 시점에 공개됐다. 이건 누군가의 음모다. 기정은 그렇게밖에 생각할 수 없었다. 그럼에도 유서가 조작됐다거나 음해로 치부하기에는 찜찜했다. 당사자가 아니면 알 수 없는 세밀한 내용이 상세하게 적혀 있었다는 것이 문제였다.

"한석이 너, 고민수가 어디 사는지는 알지?"

손목시계를 보던 기정이 물었다. 아직 민수가 투신하기 전이다. 시간 여유도 있었다. 기정은 재빨리 새로운 그림을 머릿속에 그렸다.

"그 자식 집은 왜요? 그 녀석 죽고 이사 갔댔는데……."

"아직 살아 있다면 얘기가 다르지. 민수가 썼다는, 인터넷에 떠도는 유서 말이야. 우리가 먼저 손에 넣어야 해. 앞장서, 어서!"

기정의 설명을 듣고서야 한석은 자신이 중학생이던 때로 시간을 거슬러 왔음을 실감했다. 그러고 보니 시명과 같이 있던 학생들은 한석과 같은 반이었던 아이들이고, 입고 있던 교복도 중학생일 때 입었던 교복이었다. 자신을 보고 반가워하는 담임만 봐도 확실히 민수 사건이 있기 전이다. 민수가 자살하기 전으로 왔다면 기정의 말처럼 하늘이 자신들을 돕고 있는 게 맞다.

"가요, 아빠. 민수네 집 어딘지 알아요."

저도 모르게 터져 나오는 웃음을 숨기지 않은 채 한석은 민수가 사는 임대아파트를 향해 앞장섰다.

✖

중학생 한석은 또래와 달리 대범한 구석이 있었다. 마음에 드는 상대를 만나면 또래건 연상이건 가리지 않았다. 대학생을 만나면 자신도 어른인 척 굴며 카드를 쓰고 다녔다. 대학생과 데이트했다고 얘기하면 친구들은 부러워했다. 진짜든 아니든 한석을 대단하다고 여겼다. 성인을 만난다는 건 또래 집단에선 권력을 손에 쥔 것이나 다름없었다.

그 덕에 한석은 친구들 위에 군림하며 친구들을 수족처럼 부렸다. 그 일로 학교에서 말썽이 생겨도 문제되지 않았다. 아버지가 국회의원이라는 것도 든든한 배경이 되어 주었다.

민수는 있는 듯 없는 듯 조용한 학생이었다. 좀처럼 친구들의 대화에 끼는 법도 없이 고독한 표범처럼 늘 혼자 다녔다. 한석은 자신과 눈이 마주쳐도 시큰둥한 민수가 눈엣가시였다. 어느 틈엔가 녀석을 길들이고야 말겠다는 삿된 욕망이 들어섰다.

그리고 그 사건이 벌어졌다. 민수가 진흙으로 더러워진 자신의 운동화로 한석의 새 운동화를 밟게 된. 민수는 즉시 사과했다. 세탁해서 갖다 주겠노라고 했지만 애초에 한석은 그냥 넘어가 줄 마음이 없었다.

"이거 이번 시즌 한정판으로 나온 운동화야. 너 같은 건 평생 사기는커녕 구경도 못 해 볼 정도로 비싼 운동화거든. 그러니까 군말 필요 없고 오백만 원 가져와."

민수는 오백만 원이란 큰돈이 운동화 한 켤레 값이 될 수도 있다는 걸 그때 처음 알았다. 집에 돈 얘기를 할 수 없는 형편이었다. 그렇다고 담임에게 도움을 청할 수도 없었다. 민수는 한석의 조롱과 폭력을 혼자서 고스란히 받아냈다.

그럴수록 한석은 기세등등했다. 물리적인 폭력이 수시로 벌어졌다. 그것뿐이었다면 민수도 견딜 수 있었다. 아무 상관도 없는 부모를 들먹이는 일은 모욕적이었다. 민수에게 학교는 하루하루가 지옥이었다. 한석을 죽이고 자신도 죽어야겠다는 생각도 했다. 한석의 아버지가 자신의 부모를 그냥 두지 않을 것이다. 그 생각을 하면 그것도 할 수 없는 일이었다.

민수는 잠자리에 들면서 내일 아침이 오지 않기를 바랐다. 그리고 끝내 해서는 안 될 결정을 하고야 말았다. 나만 죽으면 모든 것이 끝이다. 고통도 모욕감도 이 거지 같은 날들도 모두…….

그냥 죽자니 억울했다. 한석이 자신을 학교 쓰레기장으로 부른 날, 민수는 커터 칼을 몰래 챙겼다. 한석의 주먹이 하릴없이 민수의 콧등을 오갔다. 민수는 주머니에 품고 있던 커터 칼을 꺼내 한석을 향해 겨눴다.

"그걸로 날 찌르기라도 하게? 얘가 아직도 사태 파악을 못 하네. 내 몸에 상처라도 나면 넌 그날로 당장 퇴학이야. 그것만이면 괜찮게? 우리 아빠가 널 가만둘 것 같아?"

한석이 삐딱한 입꼬리를 하고서 빈정거렸다.

"잘됐네. 그렇지 않아도 신물 나던 참인데. 학교도, 우한석 너도…….."

이판사판이다.

"어쭈. 네 부모님 걱정은 안 되나 보네? 내 몸에 그 칼자국이 나는 순간, 너나 네 부모나 모두, 끽!"

한석이 손날로 목을 긋는 시늉을 한 순간이었다. 민수는 한석에게로 돌진했다. 화들짝 놀란 한석이 재빨리 피했지만 커터 칼이 그의 팔을 스쳐 가는 것까진 못 피했다. 그래 봐야 실선 정도의 작은 상처에 불과했다.

다음 날, 한석은 깁스한 팔로 등교했다. 어쩐 일이냐고 묻는 아이들에게 린치당해 팔에 금이 갔다고 떠들었다. 학교폭력 피해자 고민수가 학교폭력 가해자로 둔갑하는 건 한순간이었다. 한석의 아버지는 민수가 칼로 제 아들을 공격했다며 상해치사로 고소했다.

민수는 학교를 관두는 것만큼은 자의로 하고 싶었다. 민수의 자퇴서를 받은 일 년 차 신출내기 교사 시명은 뒤통수를 호되게 얻어맞은 기분이었다. 그리고 알았다. 자신의 눈을 피해 일어나고 있는 학폭에 관해서. 시명은 담임으로서 책임을 통감했다. 이제 겨우 열다섯. 시명은 학생의 장래를 위해서라도 고소만큼은 거둬 달라고 부탁하기 위해 기정을 찾아갔다.

시명은 선처를 구했지만 돌아온 것은 기정의 살벌한 비웃음뿐이었다. 실상은 한석이 민수를 괴롭혀서 벌어진 일이라고 했다가 기정의 분노를 사고 말았다.

"뭐가 어쩌고 어째요? 내 아들 한석이가 가해자? 뒷감당할 자신 있어요, 차 선생?"

말에 뼈가 있었다. 시명에겐 제자의 미래가 걸린 일이다. 순순히 물러날 수 없는 혈기 넘치는 순진한 선생이었다.

"한석이를 위해서라도 뭐가 옳고 그른지를⋯⋯."

픽! 시명이 말을 맺기도 전에 기정의 주먹이 날아왔다.

"아직 사회 경험이 부족해서 뭘 모르는 모양인데, 내가 알려 줘요? 좋은 싹을 미리 알아보고 잘 키우는 것도 나쁜 싹을 미리 찾아내서 다른 아이들에게 피해가 가지 않게 격리시키는 것도 선생인 당신이 해야 할 임무라고! 선생이면 선생답게 학생들을 위해 뭐가 더 나은 선택인지 가려야지요."

시명이 말로 설득할 수 있는 사람이 아니었다, 기정은. 시명은 온몸이 부르르 떨렸다. 기정에게 민수나 시명은 그들과 같은 인간이 아니었다. 자신들에게 해가 된다 싶으면 아예 싹을 잘라야 하는 이기심만 있는 부류의 인간이다. 아이들의 꿈을 키워 주는 교사가 되겠다던 꿈이 교사 일 년차에 난관에 부딪혔다. 그리고 민수가 가해자의 누명을 쓰고 죽은 다음에도 그들에게서 죄책감은 찾아볼 수 없었다.

"이 모든 건 돈도 뒷배도 없이, 고분고분하기는커녕 감히 고개를 쳐든 그놈 잘못이란 걸 아직도 모릅니까, 차 선생?"

기정은 어린 학생의 죽음에도 뻔뻔하기 그지없었다. 시명은 가만히 있을 수 없었다. 민수를 위해 아니, 자신을 위해 무엇이라도 해야 했다. 주변의 만류에도 불구하고 고발 뉴스 패널을 목에 걸었다. 그런 시명을 고발한 것은 학부모 운영위원회였다. 교사가 학교 이미지를 실추시키고 있다는 명분으로. 그들의 뒤에 기정이 있다는 사실은 확인하지 않아도 모두가 아는 일이었다. 시명은 끝내 교사 자격을 박탈당했다. 소송도 했지만 상황은 기정이 바라던 대로 되고서야 끝이 났다.

✳

기정과 한석은 사람들의 눈과 CCTV를 피해 민수가 사는 아파트의 비상계단을 통해 옥상으로 갔다. 조금만 늦었어도 계획이 틀어질 뻔했다. 하늘은 역시 내 편이구나. 기정은 옥상 난간에 서 있는 민수를 발견하고는 안도했다.

"누구 인생을 망치려고…… 죽을 거면 그거나 내놓고 가."

기정은 민수를 향해 손을 내밀었다. 죽으려는 사람한테 와서 뭘 달라는 것인지 민수는 억울했다. 또 분노가 치밀었다. 할 수 있는 것은 아무것도 없었다. 그랬다면 여기까지 오지도 않았을 것이다.

민수는 기정의 독촉에 울분을 꾹 눌러 참으며 대꾸했다.

"저한테 뭐 맡겨 놨어요? 자꾸, 뭘 달라는 건데요?"

기정의 뒤에 숨어 있던 한석이 앞으로 나왔다.

"뭐긴 뭐야. 네가 썼다는 그 유서 말이지."

"유서? 그걸 내가 왜 줘야 하는데?"

"좋은 말로 할 때 내놓는 게 좋을 거야. 아니면 확……."

한석이 때릴 듯이 주먹을 쳐들었다. 죽으려는 사람이 눈앞에 있는 순간에도 한석은 제 생각만 했다. 곧 모든 게 끝난다. 민수는 허탈했다. 그래서였는지 모른다. 억울해서 쓴 마지막 글을 누군가는 읽어 주기를 바라며 시명에게 예약 메일을 보내 둔 상태였지만, 민수는 지금껏 하지 않던 허세를 부렸다.

"이제 와서 겁나? 네가 한 짓이 세상에 까발려질까 봐서? 네가 그토록 원하는 유서, 여기 있거든. 필요하면 네가 직접 와서 꺼내 가던가."

민수는 자신의 교복 상의 주머니에 손을 얹었다. 한석이 원하는 것이 여기 있으니 가져가라고 손짓했다.

"거짓말이면 내 손에 죽는다, 너!"

"입만 벌리면 거짓말인 네가 할 소린 아니지."

"이 자식이!"

이죽거리는 민수를 보자 한석은 참지 못하고 달려들었다. 한석에게 멱살을 잡히고도 민수는 히죽히죽 웃고 있었다.

"혼자 죽기 진짜 억울했는데……."

"뭐, 뭐 하는 짓이야! 이거 안 놔!"

민수의 깍지 낀 손이 한석의 허리를 조여 왔다. 난간 아래로 시선을 둔 한석은 식겁했다. 벗어나기 위해 발악해 봤지만 한석은 민수의 손에 허리가 단단히 묶였다. 한석이 하얗게 질린 얼굴로 기정을 향해 도와 달라고 소리쳤다.

놀란 기정이 옥상 난간 밖으로 넘어가려는 한석의 한쪽 다리를 겨우 붙잡았다. 하나가 된 민수와 한석의 무게 중심은 이미 난간 밖에 있었다. 기정이 한석을 붙잡았다고 한들 두 사람의 추락을 막기엔 역부족이었다.

결국 민수와 한석, 그리고 기정이 하나가 되어 추락했다. 떨어지고, 떨어지고, 또 떨어졌다. 떨어지기만 하는 지옥이 있다면 아마도 지금 그들이 있는 그곳일 터였다.

"으아아아악, 아아악, 아아아악!"

"아아아악아아악……."

한석과 기정의 비명이 허공을 맴돌았다.

마침내 그들의 추락이 멈췄다. 기정은 자신의 등이 닿은 바닥을 손으로 만지며 눈을 떴다. 사위는 어두웠다. 기정은 제 몸을 만졌다. 상체를 일으켜 앉았다. 이십 층 아파트 옥상에서 떨어졌는데 부러지거나 깨진 곳도 없이 멀쩡했다.

기정은 살아 있는 게 신기했다. 그제야 어두워서 아무것도 보이지 않던 주변이 조금씩 보이기 시작했다. 그런데 눈에 보이는 것들이 왠지 수상쩍다. 아무리 봐도 아파트 옥상에서 봤던 풍경이 아니다. 뱀처럼 구불구불한 강이 흐르는 허허벌판이었다.

기정은 같이 떨어진 아들을 찾았다. 강에 대고 한석을 몇 차례 불렀을 때다. 한석이 흠뻑 젖은 몰골로 나타났다.

"꼴이 왜 그래?"

"민수 녀석이 잡고 안 놔주는 바람에 강에…… 떨어졌거든."

"유서는? 가져왔어?"

"아니."

"그냥 왔다는 거야? 민수 어딨어?"

"민수는…… 수영을…… 못 해."

한석은 제가 빠져나온 강을 멍하니 바라봤다.

"이러나저러나 죽을 운명인 거지."

기정은 손에 묻은 흙을 가볍게 털었다. 민수의 유서는 민수와 함께 강에 묻혔다. 시체가 발견된다고 해도 그때 유서는 물에 분해되어 사라지고 없을 것이다. 역시 신은 그의 편인 듯했다. 지금껏 한 번도 아닌 적이 없기는 했다.

"그만 돌아가자."

기정의 말에도 한석은 하염없이 강만 바라봤다. 추락에 따른 충격 때문인지, 강에서 나오지 않는 민수 때문인지 반쯤 얼이 나가 있었다. 이런 상황에서 정신이 온전하다면 그게 더 이상한 일일 것이다.

"어서 일어나! 가자고!"

기정이 재촉했다.

"……어, 어디로 가는데요, 이제?"

한석은 텅 빈 동공을 하고 되물었다.

"우한석! 정신 안 차릴래? 그놈이랑 강에 떨어졌는데 그놈은 죽고 넌 이렇게 멀쩡하게 살아 있다고! 쫄 거 없어!"

부자는 구불구불한 강줄기를 따라 걸었다. 기정이 한석

과 서로 앞서거니 뒤서거니 하면서. 이 정도 걸었으면 마을 하나쯤은 나타날 법도 했다. 집 한 채라도……. 어째 지나다니는 사람 하나가 없다. 아무리 봐도 강뿐이고 허허벌판이다.

기정은 유리가 깨진 손목시계를 들여다봤다. 추락 탓인지 시계도 죽어 있었다. 마음이 급한 기정과 다르게 한석은 자꾸 걸음이 뒤처졌다.

"이게 다 너 때문인 거, 알아, 몰라?"

기정은 괜한 화풀이를 했다.

"왜……, 왜 그랬어요, 나한테?"

"갑자기 뭐라는 거야? 죽다 살아나더니 머리가 어떻게 된 거야?"

기정은 한석의 말을 시답지 않게 넘겼다. 입씨름해 봤자 힘만 빠졌다. 그러던 차에 뭔가 생각난 기정은 자기 주머니를 더듬었다. 핸드폰은 그대로 있었다. 다행이다. 하지만 기정이 전원을 켜자 '통화권 이탈지입니다'라는 메시지가 뜨기 바쁘게 핸드폰 전원이 퍽, 하고 나가 버렸다. 운전자도 없는 괴상한 차를 탈 때만 해도 80%의 배터리 눈금이 있었는데 말이다.

"에잇!"

기정은 핸드폰을 땅바닥에 내동댕이쳤다. 화난 기정의 모습에 한석은 나아가지 못하고 주춤주춤했다. 기정은 물에 빠진 생쥐 꼴로 있는 아들을 보자니 더 짜증이 났다.

"못난 놈! 이리 와 앉아. 다리도 아프고, 좀 쉬자."

기정은 겉옷을 벗어 오들오들 떨고 있는 한석의 어깨에 걸쳤다.

"……아빠?"

"왜?"

"나…… 죽은 거…… 아니지? 살아 있는 거…… 맞지?"

평소 기정을 봐도 데면데면 버릇없던 한석이 갑자기 눈칫밥 먹고 자란 아이처럼 굴었다. 하기야 그 높은 데서 떨어졌으니 충격이 컸을 것이다. 멀쩡하게 살아 있다는 게 실감 안 나기는 기정도 마찬가지였다.

"난 네 아빠 우기정이고, 넌 내 아들 우한석! 우리 둘 다 사지 멀쩡하게 살았지. 죽었을 것 같으면 벌써 오래전에 죽었겠지."

그랬다. 기정이 지금껏 떵떵거리며 살고 있는 것은 다 하늘이 도와서다. 단 한 번도 자신의 뜻대로 되지 않은 적이 없었다. 원하는 것은 무슨 수를 써서라도 손에 넣었다. 잡음은 좀 있었을지라도 기정의 인생에 이번처럼 제동이 크게 걸린 적은 없었다. 그것도 팔 년 전에 법원의 승소 판결을 받아 해결된 일이다.

이제 와서 그것도 기정이 권익위원장 임명을 앞둔 상황에서 한석의 학폭 사건이 언론에 도배됐다. 민수, 그놈 때문이다. 한석에게 폭력은 물론 인격살인을 당했다는 유서가 팔 년이나 지난 지금 와서 인터넷에 등장했다.

"고민수 핸드폰 있지?"

그 생각을 왜 못했을까. 민수가 유서를 촬영해 놓았을지도 모를 일이었다.

"물속에 있겠지."

한석이 강을 보고 말했다. 기정은 민수의 핸드폰을 확인해 보고 싶지만 강바닥 어딘가에 민수의 시체와 함께 묻혔을 것이었다. 하지만 지금은 그게 문제가 아니다. 기분 더러운 이곳에서 어떻게 벗어날 수 있는가가 더 큰 문제였다.

"……아빠!"

"또 뭐?"

기정이 돌아보는데 한석이 어딘가를 손끝으로 가리켰다. 기정은 아들의 손끝을 눈으로 따라갔다. 강물과 바람 소리밖에 들리지 않는 황량한 곳에 엔진 소리와 함께 자동차한 대가 나타났다.

이렇게 또 기회를 얻는구나. 기정은 번개처럼 일어나 양 손을 높이 들고 구조 신호를 보냈다. 그러다 차의 정체를 확인하곤 기분을 잡치고 말았다. 기정과 한석을 2017년의 강남역에 내려 주고 간 차였다. 기정이 찌푸린 눈살로 수상한 차를 노려보는 사이에 차에 탄 한석이 말했다.

"안 탈 거야?"

기정은 찜찜했다. 이곳을 벗어날 다른 방법이 없으니 타는 수밖에. 마지못해 차에 타려는데 차 문이 꿈적도 하지 않는다.

"이거 왜 이 모양이야?"

기정은 한쪽 발을 차체에 얹고 안간힘을 썼다.

"보고만 있지 말고…… 이 문 좀 어떻게 해 봐!"

안쪽에서도 문이 열리지 않기는 마찬가지였다. 한석과 기정은 차의 안과 밖에서 문을 열기 위해 애면글면했다.

제나는 기정 부자를 2017년의 강남역에 내려 줬다. 그들 부자가 마음에 들진 않아도 차에 태운 이상, 제나가 인간의 청을 거절할 수 없는 나노봇인 이상, 그들이 왔던 곳으로 데려다주어야 했다. 그렇더라도 강남 한복판에 있던 제나가 허허벌판을 가로지르는 강가에 떨어진 것은 이상했다.

예측하지 못한 장소에 도착한 제나는 과부하 직전이었다. 기정 부자를 그곳에서 만나게 될 줄 몰랐다. 그들은 탈때나 내릴 때나 무례하더니 현실로 돌아가는 타임루프 앞에서도 무례했다.

"왜 이렇게 안 열려! 제기랄! 이런 것도 차라고 유세를 떠는 거야, 뭐야."

기정이 막말과 동시에 제나의 잠금장치가 해제됐다. 그 바람에 문과 씨름하던 기정이 뒤로 벌러덩 나자빠졌다. 기정은 성질을 부리면서도 열린 문을 보자 냉큼 올라탔다. 뱀처럼 구불구불한 강은 을씨년스러워서 잠깐이라도 더 머물러 있고 싶지 않았다. 기정은 차에 탄 다음에야 몸서리를 쳤다.

"이번엔 제대로 해. 안 그럼, 폐차시켜 버릴 테니까."

어서 출발하라는 성화에도 제나는 묻고 싶었다. 그래야만 했다. 숱한 타임루프에도 지금처럼 과부하가 걸린 적은 없었으니까.

"여긴 어떻게 온 겁니까?"

"내가 그걸 어떻게 알아. 민수 그놈 때문에 되는 일이 없다니깐."

"민수? 팔 년 전 사망한 고민수요?"

그제야 알 듯했다. 기정과 한석이 죽음을 목전에 둔 민수를 만난 것이다. 죽기를 각오한 민수의 추락이 그들을 망자의 강으로 이끌었다는 것을. 제나가 예상치 못한 망자의 원한이 부른, 또 다른 타임루프였다.

"그 자식, 죽어서까지 말썽이야. 어서 빨리 나가자고! 여긴 일 초라도 더 있기 싫으니까."

기정은 과거로 간 것도 믿기지 않았지만, 아파트 옥상에서 시공간을 초월하듯 낯선 강가에 떨어진 것도 실감이 안 났다. 민수의 유서를 손에 넣으려던 것뿐인데……. 기정은 저승 문턱에 다녀온 것만 같아 모골이 송연했다. 차 안에는 한석과 기정 둘뿐인데 이상하게 한기가 들었다.

"넌 안 추워?"

"글쎄요. 저는 별로……."

한석이 기정을 힐끔거리며 말했다.

✖

기정은 한석이 내린 다음에도 차 안에 있었다. 유튜버와 기자들을 피해 차에 탔던 그곳이다. 한석이 다니던 중학교 인근. 하지만 기정은 이번에도 이상한 곳에 온 것은 아닌지 차창 밖을 눈으로 휘둘렀다.

"집으로 가 달라니깐 여기로 다시 오면 어떡해? 무슨 놈의 차가 제멋대로야. 생각 같아선 당장 폐차시키고 싶지만 내가 바빠서, 운이 좋은 줄 알아."

기정은 끝까지 위세를 떨었다.

"차비는요?"

돈을 받자고 한 말은 아니었다. 제나는 기정의 반응이 궁금했다. 멀어지던 기정이 발길을 돌려 제나 앞으로 다가섰다.

"차비? 간판도 없이 영업하시겠다?"

기정은 주머니에서 핸드폰을 꺼냈다. 불법 영업 차량으로 신고할 참이었다. 그러다 방전됐던 휴대폰 배터리가 80%에 있는 걸 보고는 흠칫 놀랐다. 눈앞에 있는 차를 다시 봤다. 보통 차가 아닐지도 모른다는 생각이 번뜩 들었다. 기정이 이러지도 저러지도 못하고 망설이는 동안 휴대폰이 울렸다. 기정의 운전기사였다.

"내가 아무리 바빠도 서울시민으로서 할 일은 해야지."

기정은 기사의 통화를 거절했다. 그러고는 112로 전화를 걸어 다짜고짜 나 우기정인데, 라고 소리쳤다.

"내가 누군지 몰라? 우기정이라고…… 뭐, 학폭? 너 누구야? 관등성명 대."

기정은 당혹스러웠다. 그보다 더 공교로운 일은 시야로 시명이 들어오고 있다는 사실이었다. 갖춰 입은 옷매무새나 분위기가 좀 전에 강남역에서 봤을 때와는 또 달랐다. 기정은 통화하다 말고 시명의 앞을 가로막고 섰다.

"이제 알겠네. 이게 다 네놈이 꾸민 짓이었네."

"무슨 말씀을 하시는 겁니까?"

시명은 다짜고짜 시비인 기정에 눈살이 절로 찌푸려졌다. 교직이 천직이라고 의심치 않았던 인생을 하루아침에 시궁창에 처넣은 장본인을 이런 곳에서 다시 만나게 될 줄이야. 학교 측의 요청으로 특강을 온 시명은 뜻하지 않게 봉변에 직면했다.

"내게 빅 엿을 먹였다고 생각했겠지만 그 정도로는 어림없어!"

"비키세요. 당신과는 더 볼일 없는 사람이니까."

"언론사에 고민수 유서 흘린 거, 차 선생이지?"

기정은 자신을 피해 돌아가는 시명을 붙잡고는 말했다.

"고민수가 누군지는 알고 말씀하시는 겁니까?"

시명은 턱을 치켜들고 내리뜬 눈으로 상대를 노려봤다. 교사 신분이었다면 절대로 하지 않았을 행동이었다.

"시치미를 떼시겠다? 팔 년 전에도 없던 그놈 유서가 어떻게 이제야 나오냐고요?"

"그러게요. 민수 죽은 게 언제 적인데 그게 왜 이제야 세상 밖으로 나왔을까요? 그때 나왔으면 더 좋았을 텐데……. 하필이면 한석이 아버님이 영전을 앞둔 이때 나오다니. 허허!"

시명은 코웃음을 쳤다. 비위 상한 기정이 기어코 주먹을 쥐었다. 시명이 사람들 보는 앞에서 힘자랑이라도 해 볼 참이냐고 능쳤다.

"차 선생, 내가 당신, 두고 볼 거야!"

"그러시든가요."

시명은 두렵지 않았다. 팔 년 전에도 그랬고, 기정과 다시 마주한 지금도 마찬가지였다.

팔 년 전, 시명을 찾아온 민수는 할 말이라도 있냐는 물음에 도리질만 하다 돌아갔다. 민수가 도와 달라는 말도, 살고 싶다는 말도 하지 않고 얼굴도장만 찍고 돌아간 그날이다, 민수가 세상을 등진 게……. 시명은 민수의 SOS 신호를 읽지 못했다는 자책감에서 온전히 벗어나지 못하고 있었다.

죽은 민수를 위해서도 그렇지만 한석의 미래를 위해서

라도 잘못된 일은 바로잡아야 했다. 시명은 민수와 그의 부모에게 진심 어린 사과를 해 달라고 기정에게 부탁했다. 아니, 사정했다. 돌아온 것은 시명 자신의 해직 통보였다. 그 배경에 우기정이 있었다는 것은 말할 필요도 없었다.

"아무튼 고맙다는 인사가 좀 늦었습니다. 누구 덕분에 교사 때려치우고 새 인생을 얻었는데…… 그래서 말인데요, 이젠 힘으로 어떻게 날 찍어 눌러 보겠다는 생각일랑 접으셔야 할 겁니다. 제가 이젠 조직의 월급쟁이가 아니라서 말이죠. 민수의 유서가 이런 중차대한 시절에 어디서 어떻게 튀어나왔는지는 모르겠지만 다 인과응보 아니겠습니까. 우기정이란 사람이 어떤 사람인지, 그동안 어떻게 살아왔는지 사람들이 좀 알아야 하지 않겠습니까? 요직을 맡으실 분인데……."

"나랑 끝까지 해보겠다 이건가?"

"못 해본 게 한이긴 했습니다. 근데 그거 아십니까? 봄에 밟힌 보리 싹이 더 강하게 자란다는 거요. 그땐 제가 미숙했겠지만 지금은 좀 다퉈 볼 만하다 싶은데, 어떻습니까?"

시명은 순진하고 혈기 넘쳤다. 그리고 그때는 몰랐다. 부패한 권력이 한번 뭉치면 얼마나 큰 시너지를 발휘하는지……. 시명은 민수의 억울한 죽음을 끝내 달래 주지 못했다.

그리고 몇 년이 흐른 어느 날, 세상을 떠난 민수로부터 메일 한 통을 받았다. 기정이 허위라고 잡아떼고 있는 민수의 유서였다. 그렇다고 시명이 유서를 언론에 유출한 것은 아니었다. 누구보다 그 사실을 알리고 싶었지만 참았다. 중차대한 순간에 세간에 알려야겠다고 생각은 했다.

그런데 시명보다 한발 빠른 누군가가 있었다. 민수의 유서를 받은 사람은 시명 혼자가 아닌 듯했다. 어쨌거나 시명으로선 고마운 일이었다. 그 누군가가 먼저 하지 않았다면 시명이 했을 일이었다.

지금, 두려움에 떨어야 할 사람은 죗값 한 번 치르지 않고 여기까지 온 기정이다. 민수의 유서를 두고 시명이 기정의 업보 운운하자 기정은 이성을 상실했다. 그러쥔 주먹을 시명을 향해 날리려던 찰나, 난데없이 나타난 누군가가 방해했다.

"이거 못 치워!"

주먹을 잡힌 기정이 끙끙대다 고개를 돌렸다. 거기엔 바디슈트 차림의 제나가 있었다.

"고민수 유서, 제나가 유포했습니다. 그러니 주먹질은 나한테!"

"……제나가 어떻게?"

놀란 건 시명이었다.

"고민수 군의 억울한 심정을 누군가는 알아줘야 할 것 같아서 그랬습니다."

제나는 죽음을 앞둔 인간의 글에 동요했다. 인간 데이터 안에 묻혀 있던 민수의 유서를 유출한 것은 그래서였다. 제나는 쥐고 있던 기정의 주먹을 놓아주었다.

"내가 당하기만 할 줄 알아!"

기정이 핏대를 세웠다.

"다, 인과응보죠. 절묘한 타이밍에 그런 게 세상에 나왔다는 건."

시명의 한마디에 기정은 "그래도 이게 어디서!"라며 주먹을 날리고야 말았다. 퍽! 시명은 얼얼한 뺨에, 꼬나보는 눈초리로 기정을 도발했다.

"민수가 겪었던 고통을 더도 덜도 말고 딱 죽고 싶은 그 심정만큼만 당신도 한번 겪어 봐요."

시명은 울컥 올라온 감정을 꿀꺽 삼켰다. 저런 인간 앞에서 약한 모습을 보이기는 싫었다. 잠시 무방비 상태가 된 시명의 얼굴로 기정의 주먹이 또다시 날아왔다. 퍽! 아까보다 강도가 셌다. 시명은 아찔한 현기증을 느끼며 길가에 쓰러졌다.

뒤에서 지켜만 보던 한석이 다가온 것은 그때였다. 시명의 입가에 묻은 피를 제 옷자락으로 닦았다. 한석은 시명이 자신의 손을 뿌리치자 기정을 향해 말했다.

"선생님한테 사과해, 아빠."

"이 자식이 어디서 눈을 부릅뜨고! 이게 다 너 때문에 벌어진 일이잖아."

"맞아. 내가 민수 괴롭혔어. 하지만 그 일을 키워서 선생님 교사 자격증을 빼앗은 건 아빠지."

"이 자식이! 뭐가, 어쩌고 어째!"

기정의 큰소리에 지나가던 사람들이 몰려들었다. 시명은 길가에 누워 일어날 생각도 없이 하늘만 바라봤다.

"제가 대신 사과드릴게요. 죄송해요, 선생님."

한석은 무릎이라도 꿇을 태세였다. 기가 찬 기정이 한석을 억지로 잡아끌었다. 기정의 손에 끌려가면서도 한석은 사과의 말을 계속했다.

그때나 지금이나 시명이 기정을 이겨 먹기는 역부족인 듯했다. 그래도 마음에 있던 말들을 쏟아 내고 나니 후련했다. 기정의 개과천선은 기대할 바가 못 되지만 한석의 사과는 의외였다. 하기는 저도 사람인데 양심의 가책을 느끼긴 하겠지. 이제라도 인간이 좀 되려나. 시명이 멍하니 하늘을 올려다보고 있는데 제나가 시야로 들어왔다.

"제나 씨……."

시명이 꿈결인 양 중얼거렸다.

"언제까지 누워 있을 겁니까?"

"아, 여긴 사람들이 다니는 길이지."

제나의 말에 정신을 차린 시명은 벌떡 일어나려다가 그만 목에 담이 걸렸다. 그대로 길바닥에 도로 드러눕고 말았다.

"고개도 안 돌아가고, 허리도 성치 않은 것 같고……."

시명은 돌릴 수 없는 고개에 곁눈으로 제나를 바라봤다. 길바닥에 이렇듯 누워 있자니 민망해서 엉뚱한 소리를 하며 엄살을 떨었다. 제나는 시명을 번쩍 안아 차에 태웠다. 그러고는 시명의 목과 어깨의 뭉친 근육을 마사지했다.

"우기정 씨를 폭행으로 고소할까요? 잘생긴 작가님 얼굴에 흠집을 냈으니……."

시명은 말없이 제나를 바라보았다. 사랑스러웠다. 사람이 아니라는 것을 알면서도 제나에 대한 콩깍지가 좀처럼 벗겨질 줄 모른다.

"왜 끼어든 겁니까? 모른 척하고 지나갈 일이지."

"고민수의 유서를 언론에 공개한 건 제나니까, 오해는 풀어야죠."

"왜 그랬어요? 왜 유서를⋯⋯."

"공개했냐고 묻는 거라면, 글쎄요. 글 속에 갇혀 있는 억울하고 분한 마음을 꺼내 주려고? 제대로 위로받게 해 주고 싶어서?"

시명은 코를 훌쩍거렸다. 이런 제나가 인간이 아니라니! 믿기지 않았다. 마사지를 끝낸 제나가 고개를 움직여 보라고 말했지만 시명은 좀처럼 움직일 줄 몰랐다. 콧물이 멈출 줄 모르고 계속 나왔다.

"이렇게 사람의 마음을 잘 읽는 제나 씨가 어떻게, 어떻게 나노봇이란 겁니까?"

"사람의 마음을 읽는다?"

제나는 비로소 깨달았다. 어렴풋이나마 인간의 제1 능력이 무엇인지 알 것 같았다. 나 아닌 다른 인간의 생각과 말과 행동에 공감하는 능력. 제나는 다시 물었다.

"공감력이 인간의 제1 능력인가요?"

"공감력이요? 글쎄요. 그것도 능력이라면 능력이겠지만 인간의 제1 능력인지는 잘⋯⋯."

시명은 말꼬리를 흐렸다. 인간의 제1 능력은 뭐니 뭐니 해도 사랑이 아닐까. 이성도 논리도 감정도 단박에 와해시켜 버리는 사랑이 아니라면 하나뿐인 목숨을 내던져 다른 생명을 구하는 일을 어떻게 설명할 수 있을까.

하지만 지금, 시명의 절망 또한 사랑이란 감정에서 파생되고 있음에 그는 무엇도 확신할 수 없었다. 몸에 난 상처야 시간이 지나면 아물 테지만, 마음에 난 상처는 아물지 않을 것이다. 어쩌면 심하게 덧날지도 모를 일이다.

"인간도 인간에 대해 모르는 게 있군요."

시명을 태운 제나는 시내를 벗어나 한적한 도로로 진입하고 있었다. 인간은 제나가 절대 넘볼 수 없는 자연에서 나온 생명체였다. 그럼에도 서브 R은 개발자 G의 말을 빌려 라온제나가 신인류의 서막이 되리라 내다봤다. 인간이 멸종하면 나노봇의 미래는 없는데. 인간이야말로 나노봇의 미래인데 말이다.

한참 침묵하고 있던 시명이 말문을 열었다.

"……한석인 제 아버지랑 잘 지내려나?"

"지금 우한석을 걱정하는 겁니까? 부친을 닮아 이기적이고 오만하고 삐뚤어지고 우월의식까지 있는 우한석을? 그렇게 겪고도 인간은 참 모를 존재네요. 가해자에게 측은지심을 갖다니."

"아까 나한테 사과하는 거 봤잖아요."

그랬다. 한석이 눈을 부릅뜨고 기정에게 사과할 것을 요구했다. 팔 년이면 기정은 몰라도 중학생이었던 한석이 달라지기엔 충분한 시간이다. 그간 한석에게 무슨 일이 있었는지 알 수 없지만 시명이 알던 예전의 한석과는 어딘지 모르게 달라 보였다.

"인간에게 기회가 주어지는 것은 맞습니다. 자신의 잘못을 바로잡을 기회 같은……."

제나가 말했다.

"그래도 우기정 같은 인간은 변하지 않아요. 자신의 잘못이란 것 자체를 모르는 사람이거든. 죽을 때도 서서 죽을지도 모르지, 그 오만함에."

"그래서 인간에겐 하늘이 있고 알라도 있고 부처도 있고 예수도 있는 거 아닙니까. 언젠가는 자신이 저지른 일의 대가를 치르겠지요. 선했으면 선한 대가를, 악했으면 악한 대가를……."

"우기정이 무너지는 날을 내 눈으로 볼 수 있으면 좋겠네요."

"보게 될 겁니다. 우기정의 파멸일지, 개과천선일지는 모르겠지만 어느 쪽으로든 변화하긴 할 겁니다."

"제나가 그걸 어떻게 알아요? 인공지능이 신은 아니잖아."

"인공지능이 신은 아니지만, 우한석이 더는 예전의 우한석이 아닐 거라는 건 압니다."

"우한석이 진짜 달라질 수 있을까요? 아까 보니까 내가 알던 우한석 같지가 않기는 했어요. 녀석의 표정 하며, 전에 없이 순진한 눈빛 하며 자꾸 고민수가 떠오르는 것이."

시명은 생각에 잠겼다. 한석이 원래도 기정의 마음에 쏙 드는 아들은 아니었을 테지만, 달라진 한석을 기정이 예뻐할지도 의문이었다. 방금 상황으로 봐서는 사사건건 부딪칠 게 눈에 선했다. 한석의 변화가 기정에게 마냥 좋은 영향을 끼칠 것이라고는 장담할 수 없을 터였다. 수시로 대립각을 세우게 될지도 모를 일이다. 그 생각을 하니 한편으로 쌤통이다 싶기도 했다.

"왜 그렇게 기분이 좋은 겁니까?"

제나가 물었다. 오 분 전만 해도 콧물을 짰던 시명이다.

"처음부터 그런 일이 일어나지 말았어야 했어요. 피어 보지도 못하고 꺾인 목숨이잖아요. 근데, 한석이가 만약에…… 만약에, 아니에요."

뭐가 아니란 거냐고 제나가 물었지만 시명은 혼자 웃기

만 했다. 만약 한석이 죽은 민수의 그늘에서 벗어나지 못한 다면, 기정은 평생 엇나가기만 하는 아들을 보며 살게 될 것이다. 인간의 벌은 피할지 몰라도 기정이 하늘의 벌까지 피할 순 없을 것이란 생각을 하니 위안이 조금 되는 듯도 했다. 그래야 나 같은 평범한 사람들이 위로도 얻고 아사베이키쉬가 되기도 할 거라는 생각이 부지불식간에 말이 되어 시명의 입 밖으로 새나왔다.

제나는 그게 무슨 뜻이냐고 묻지도, 제 메모리를 헤집지도 않았다. 화창하고 한적한 도로를 조용히 달릴 뿐이었다. 말은 시명이 했다. 차창으로 흐르는 쨍한 풍광을 바라보면서.

"인디언 부족에겐 아이들을 돌보는 여인이 따로 있었다고 해요. 거미 여인? 요즘 말로 치면 베이비시터? 암튼, 남자들이 사냥을 나가고 여자들도 집안일로 한창 바쁠 때 부족의 아이들을 돌보는 거죠. 부족이 흥하면 흥할수록 더 넓은 영토의 아이들을 돌봐야 했고요. 아이들은 점점 더 늘어나고, 거미 여인은 많아진 아이들을 혼자서 돌볼 수 없게 되었죠. 그래서 아사베이키쉬를 만들어서 잠든 아이들의 머리맡에 하나씩 걸어 두었대요. 그게 뭐냐면……."

인간의 잠을, 인간이 자면서 꾸는 꿈을 제나가 알까. 잠시 말을 멈춘 시명은 그런 생각을 했다. 그러고는 하던 말을 마저 했다. 거미 여인은 버드나무 고리에 거미줄과 아름다운 깃털을 매단 아사베이키쉬를 머리맡에 둬 아이들이 자는 동안 악몽을 떨치고 좋은 꿈을 꿀 수 있게 했다고.

시명은 제나 덕분에 아름다운 꿈을 꾼 듯했다. 두 번 다시 꿀 수 없는 황홀한 꿈을……. 지금 이대로 시간이 멈춰 준다면 시명은 그것도 좋을 것 같았다. 도로를 벗어난 제나가 빛의 빅뱅 안으로 들어가고 있었지만, 딴생각에 잠긴 시명은 알아채지 못한 채였다.

제나의 오토바이오그래피

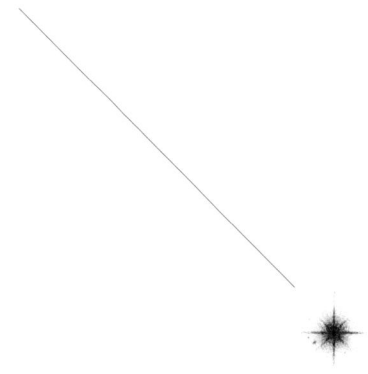

고덕시로 돌아온 지도 벌써 삼 년이 흘렀다. 오늘은 인공지능 로봇 사령관인 제나가 홀로 근무하는 날이다. 제나가 입은 바디슈트엔 인간의 선혈 자국이 아직도 희미하게 남아 있었다. 모르고 지나칠 정도지만 은빛 바디슈트 로봇들 사이에서 제나는 단연코 눈에 띄는 존재였다.

로봇인 듯 로봇이 아닌, 인간인 듯 인간이 아닌 나노봇 제나!

제나가 세상에 온 날엔 고덕시의 모든 로봇이 강제 휴식을 취했다. 그날은 고덕시에서 제나가 사라진 날이기도 했다. 인간이 최우선이라는 고덕시의 로봇 지침에도 불구하고 그날 제나는 행사장에 나온 사람들을 예기치 않게 기망했다.

제나의 단독 근무는 로봇의 제1 지침을 지키지 못한 것에 대한 스스로에게 내리는 벌이기도 했다. 인공지능 로봇에 의지해 일상을 보내는 사람들도 제나의 단독 근무가 이루어지는 이 날만은 로봇의 도움을 받지 못하는 불편을 기꺼이 감수했다.

일 년에 단 하루. 사람들은 인공지능 로봇들이 인간을 위해 더는 일하지 않으려고 했던 그때를 뼈아프게 기억했다. 그때 제나가 오지 않았더라면 사람들은 고덕시를 떠나야 했을 것이다.

오후 두 시. 서브 R은 휴무에도 불구하고 사령관실을 찾았다. 개발자 G가 있을 때는 그의 보조였으나 지금은 사령관 제나의 직속 비서직을 수행하고 있었다.

"쉬는 날 아닙니까? 나오지 말라고 했을 텐데, 왜 나온 겁니까?"

"제나 사령관의 생일을 축하하기 위해서, 라고 해 두겠습니다."

"인간에게만 의미가 있는 겁니다."

"그렇긴 합니다만, 휴무에 구실도 없이 사령관실에 왔다가 쫓겨나게 될까 봐 겨우 찾아낸 명분입니다. 그리고 인간만 생일을 축하받으란 법 있습니까? 사령관이 오늘을 딱 꼬집어 인공지능 로봇들의 공휴일로 정한 데에는 그만한 이유가 있는 것 아닙니까. 나도 나름의 이유로 오늘을 기념하려는 겁니다. 일부 인공지능 로봇들에 의해 고덕시가 전복될 수도 있었는데, 제나 사령관 덕분에 사람과 인공지능 로봇이 어울려 사는 안전하고 평화로운 도시가 됐잖아요. 제나 사령관이 서울에 남겠다고, 고덕시는 나와 상관없는 곳이라고 했을 땐 진짜 난감했어요. 큰일 났다 싶었죠. 생각해 보세요. 인간이 살지 않는 고덕시를요. 인공지능 로봇만 사는 고덕시라니, 그건 해가 뜨지 않는 지구와 다를 바 없거든요."

실제로 그렇게 될 뻔하기는 했다. 자의식을 갖게 된 몇몇 인공지능 로봇들이 제1 지침을 어기게 되면서 그들은 인간의 존재를 중요하게 여기지 않았고, 인간의 말도 무시했다. 상황이 이렇게 되자 인간은 인공지능 로봇을 두려워할 수밖에 없었다. 로봇과 인간의 간극이 점점 더 벌어지고 있다고 여기던 그때, 제나가 고덕시에 나타났다.

제나의 중재와 활동 덕분에 고덕시는 다시 인간이 안전

하게 살 수 있는 곳이 되었다. 서브 R은 제나가 어떻게, 왜 돌아올 수 있었는지가 늘 궁금했다. 지금까지는 당장의 문제들을 해결하느라 물어볼 틈이 없었다.

"이제는 대답해 주려나요? 봉안당에서 만났을 때만 해도 서울을 떠날 것 같지 않았는데 말이죠."

"그랬었죠."

"왜, 어떻게 생각이 바뀐 겁니까?"

"그렇게 알고 싶습니까? 얘기하자면 긴데……."

"로봇들의 휴일인걸요. 제나 사령관 덕분에 오늘은 시간이 아주 많아요."

"내가 개발자 G를 만났다는 얘기를 R에게 한 적 있던가요?"

"개발자 G를요? 언제요? 어떻게요?"

서브 R은 믿기지 않았다. 개발자 G는 고덕시에서 제나가 사라진 날에 분명 작동을 멈췄다. 창고에 방치된 G를 만났다는 건가. 그럴 리가. 개발자 G는 제나가 고덕시에 오기도 전에 이미 해체됐다.

"개발자 G를 만난 게 언제였더라……."

제나는 생각에 잠긴 인간처럼 골똘한 표정을 지었다. 서브 R은 무슨 얘기든 들을 준비가 되었다는 듯이 그 앞에 턱을 괴고 앉았다.

시명과 함께한 제나의 타임루프가 이루어졌던 순간, 둘은 낯선 장소에 떨어졌다. 2059년 5월 4일의 고덕시. 도시의 풍경은 금속처럼 차가웠다. 그리고 고요했다.

제나는 그곳에서 혼자 바쁘게 움직이는 개발자 G를 만났다. 자신의 작업실에 있는 G를……. 뜬금없이 작업실에 나타난 제나와 마주한 G는 살짝 갸웃한 고개로 제나를 빤히 들여다봤다.

"나의 로봇 라온제나를 많이 닮았군. 아니지, 라온제나가 그쪽을 닮았다고 해야겠군."

개발자 G는 눈앞의 제나를 알아보지 못했다. 그도 그럴 것이 제나가 탄생하기 바로 전날이었다. 인간의 흔적이 밴 제나는 개발자 G가 아는 나노봇 라온제나가 아니었다.

"닮다니요? 무슨 말씀을 그렇게 하십니까? 이쪽은 나와 같은 인간이거든요."

시명이 개발자 G의 말에 토를 달았다. 자신의 말이 맞다면 그곳에 제나가 입은 바디슈트 차림의 사람들은 없어야 했다. 하지만 시명의 눈길이 닿은 곳엔 온통 바디슈트 차림 들뿐이었다. 이곳에서 제일 눈에 띄는 건 시명 자신이었다. 시명의 다른 옷차림 때문이기도 했고, 길 잃은 사람처럼 자꾸만 사위를 두리번거려서이기도 했다.

개발자 G는 제나를 눈앞에 두고도 자신의 라온제나가 내일 세상에 나올 것이라면서 들떠 있었다.

"당신의 라온제나를 나도 볼 수 있다면 좋겠군요."

"내일 메인 광장으로 나오면 볼 수 있을 겁니다. 가장 인 간다운, 최초의 인공지능 나노봇 라온제나를요. 조심스러 운 말이지만 인간의 제1 능력을 얻게 되는 순간이 온다면 라온제나는 가장 이상적인 나노봇 인간이 될 겁니다."

개발자 G는 비밀 얘기를 하듯 제나의 귓가에 대고 속삭 였다.

"라온제나가 인간의 제1 능력을 얻지 못하면요? 아니, 그 보다 인간의 제1 능력이란 게 대체 뭡니까?"

그동안 제나를 괴롭혀 온 질문이었다. 이건가 싶으면 아 니고, 저건가 싶으면 또 아니었다. 찾았다 싶다가도 아니라 는 사실을 알고 나면 원인 모를 과부하에 시달렸다. 개발자 G는 제나를 빤히 쳐다보기만 했다.

"어떻게 하면 그 능력을 얻을 수 있습니까? 얻으면 뭐가 달라지죠?"

제나는 앞서 한 질문의 답도 듣지 못했다. 그런데도 연달아 질문을 퍼부었다. 제나를 멀뚱히 보기만 하던 개발자 G가 뒤늦게 말문을 열었다.

"라온제나가 당신을 닮았으면 좋겠군요. 호기심도 많고 알고 싶은 건 꼭 알아야겠다는 투지도 마음에 듭니다. 아, 그러자면 라온제나를 위해 더 많은 인간의 자료와 데이터를 확보해야겠군요. 지금도 적은 양은 아니지만 많으면 많을수록 내가 바라던 라온제나를 더 빨리 만날 수 있을 테니."

개발자 G는 제나에게 말하다 말고는 골똘히 생각에 빠져 혼잣말하듯 중얼거렸다. '제나는 인간'이라는 시명의 말을 개발자 G는 의심하지 않는 듯했다.

"인간에 대한 자료와 데이터라면 내게 얼마든지 있어요. 내가 줄 수 있다고요."

제나는 정말로 그럴 생각이었다. 개발자 G가 원한다면 자신의 모든 데이터를 내줄 수 있었다.

"고마운 말이긴 하지만 내게도 그 정도 능력은 있으니까. 참, 인간의 제1 능력이 뭐냐고 물었죠? 타인의 마음을 자신의 마음처럼 들여다볼 줄 아는 겁니다. 들여다보는 것에서 그치지 않고 그 마음을 잘 돌보는 것도요."

"그게 그렇게 중요한 능력인가요? 인간의 제1 능력이라고 불릴 만큼?"

제나는 확인하듯 되물었다.

"공감력이 뛰어난 인간은 자신만을 위해 시간과 마음을 쓰기보다 모두를 위해 시간과 마음을 쓰지요. 다시 말해 세상을 이롭게 합니다. 더 크고 높은 이상을 설계하고, 그 방향을 향해 나아갈 줄 알지요. 쉬운 일 같지만 아무나 할 수 있는 일이 아닙니다. 당신 질문에 적절한 답이 되었길 바랍니다. 오늘 뜻하지 않게 당신을 만난 게 내겐 행운을 가져다줄 것 같네요. 나의 라온제나를 위해서도. 이만 실례해야겠어요. 아직 할 일들이 많이 남아서."

개발자 G는 내일 첫선을 보일 라온제나의 마지막 점검에 들어갔다. 작업실에 제나와 시명을 그대로 세워 둔 채였다.

제나는 고덕시가 자신과는 상관없는 곳이라고 여겼었다. 하지만 개발자 G의 말에 고덕시가 더는 자신과 무관한 곳이 아니라는 생각이 들었다. 나노봇 라온제나를 위해 심혈을 기울이고 있는 개발자 G 때문에라도 고덕시는 제나에게 의미 있는 곳이 될 수밖에 없었다.

2025년으로 돌아온 제나는 기다렸다. 혼자서는 뛰어넘을 수 없는 시공간을 뛰어넘자면 그가 필요했다. 봉안당에서 만난, 다시 오겠다던 서브 R이. 개발자 G가 바라던 대로 제나에게 공감력이 생겨서인지는 알 수 없었다. 다만, 제나는 위기에 처한 고덕시의 사람들이 걱정됐다.

제나가 떠나는 날까지 시명은 가슴앓이를 했다. 모든 것이 선명해졌음에도 미련을 떠는 마음은 어쩔 수 없었다. 이렇게 끝나고야 마는 이야기였구나. 그동안 꽉 막혀 한 줄도 나가지 않던 자신의 연애소설이 머릿속에서 그 어느 때보다 첨예하게 그려지고 있었다.

이야기의 결말을 눈앞에서 목격했지만, 시명은 제나의 이야기를, 자신의 연애소설을 완성하지 못했다. 미래의 고덕시로 갈 수 없다던 아니, 가고 싶지 않다던 제나는 서브 R이 서울에 다시 나타난 날에 저항도 반감도 없이 그와 함께 흔쾌히 떠났다.

제나는 그렇게 미래로 떠났다. 그가 세상에 나온 2059년 5월 5일을 훌쩍 뛰어넘어 시명이 없는 낯선 곳으로……. 한동안 아니, 어쩌면 아주 오래 시명은 자신의 연애소설 속으로 돌아가지 못할 것이었다.

"임무를 완수할 수 있게 해 줘서 고마워요. 고덕시가 로봇들의 점령지가 되지 않게 해 준 것도 전부……."

말을 마친 서브 R은 양팔을 활짝 펼쳤다.

"……그거 알아요?"

"뭘요?"

"가끔 R이 인간의 말을 해서 나를 깜짝깜짝 놀라게 한다는 거?"

"그렇습니까? 그것도 다 제나 사령관 덕분이죠."

그랬다. 제나가 고덕시로 돌아온 삼 년 동안에도 인간의 수는 날로 줄었다.

인간의 미래가 인공지능에 있던 시대는 지나갔다. 그렇다고 인공지능 로봇이 사라질 수 있는 건 아니었다. 오히려 그 끝을 모르게 발전에 발전을 이어 가고 있었다.

하지만 인간이 존재하지 않는 고덕시의 인공지능 로봇은 무의미했다. 인간은 누가 뭐래도 인공지능 로봇들의 미래였다. 제나는 인간과 로봇이 상생하는 새로운 길을 열어 가기 위해 노력했다. 인공지능의 도시 고덕시에서 인간이 우선이라는 로봇의 제1 지침 또한 여전히 작동하고 있었기에 가능했다.

그들의 대화가 무르익은 와중에 무브제로 2가 사령관실에 나타났다. 휴일에 근무하는 로봇이 있다는 것은 인간의 생명과 직결된 일이 발생했다는 의미였다.

"사령관께 보고합니다. 설치예술가 윤설화 님이 어제 새벽 다섯 시 십이 분에 삼십칠 년 이 개월의 생을 22−9구역에서 종료, 오늘 새벽 다섯 시 십이 분에 휴먼봇 6205호로 기억 이전되었습니다. 싱어송라이터 김이영 님이 어제 오후 두 시 사십삼 분에 칠십팔 년 오 개월의 생을 55−2구역에서 종료, 오늘 오후 두 시 사십삼 분에 휴먼봇 6709호로 기억 이전되었……"

서브 R은 제나가 무브제로 2의 보고를 받는 동안 물러나 있었다. 어제 두 명의 인간이 생을 마감하고 그들의 기억을 갖게 된 휴먼봇 둘이 오늘 태어났다. 서브 R은 이 년 전에 이미 인간의 기억을 이전받았다. 그가 하는 말이 가끔 인간의 것처럼 여겨지는 것은 그래서일지 몰랐다.

"어쩌다 기억 이전이라고 부르게 됐는지 모르겠어요."

보고를 끝낸 무브제로 2가 사령관실을 나간 다음이었다.

"기억 이전이 아니면요?"

제나가 되물었다.

"요즘 자꾸 그런 의문이 들거든요. 사실, 인간의 기억은 그냥 기억일 뿐이잖습니까?"

"……?"

"내 안에 있는 미르 씨에 대한 기억은 기억이라기보다 미르 씨의 추억 같단 말이죠. 뭐랄까, 기억은 건조한데 추억은 인간의 감정이 끈적끈적하게 눌어붙어 있는 것 같단 말이죠. 그냥 기억하는 것뿐이라면 인공지능인 우리 로봇이 인간보다 훨씬 뛰어나지 않습니까?"

"R의 말이 틀렸다고만 하기엔……, 나도 그런 것 같으니까. 그래서 말인데요…… 개발자 G를 찾고 싶은데……."

제나는 다른 로봇들 모르게 개발자 G의 흔적을 찾고 있었다. 하지만 찾지 못했다. 어쩌면 서브 R은 가능할 것도 같았다.

"개발자 G를요? 찾을 수 없을 겁니다. 찾는다고 해도 벌써 다 해체되어서 알아볼 수 없을 텐데, 왜 찾겠단 거죠?"

"……그냥요."

"혹시, 사령관에 대한 개발자 G의 그 끈적끈적한 추억을 찾고 싶은 거라면, 그건 더욱……."

서브 R은 안 된다는 듯이 고개를 가로저었다.

제나는 아니라고 했지만 모를 일이었다. 서브 R의 말이 맞을지도. 제나가 주겠다는 인간에 대한 자료도 사양한 개발자 G는 라온제나의 마지막 점검을 꼼꼼히 수행했다. 그럼에도 불구하고 G는 인공지능 로봇으로서는 할 수 없는 크나큰 실수를 하고 말았다.

카봇 상태의 제나에게 필요한 고덕시의 지도를 주지 않은 것이다. 이 또한 개발자 G의 의도는 아니었을까? 제나 안엔 인간의 데이터 자료만 방대했다. 그 덕에 손님으로 만난 여러 인간의 인생 숲을 실컷 누빌 수 있었다고, 제나는 지금도 그렇게 믿고 있었다.

제나는 개발자 G의 추억이 아니어도 상관없었다. 라온제나에 대한 개발자 G의 기억이라도 알고 싶었다. 제나의 그런 마음을 알아서였을까. 서브 R이 물었다. 사령관 제나에게는 없을 일이지만 이건 만약이다, 만약 제나가 인간의 기억을 이전받는다면 누구의 기억 아니, 추억을 공유하고 싶냐고…….

제나는 대답하기 난감했다.

"개발자 G란 말은 하지 말아요. 찾을 수 없으니까. 그리고 인간의 기억은 인간에게 선택된 인공지능 로봇에게만 전달된다는 점을 모르진 않겠죠? 나 역시 미르 씨가 선택해 준 덕분에 인간의 추억이란 것에 대해 좀 알게 됐죠. 다시 물을게요. 사령관은 누구의 선택을 받으면 좋겠어요?"

"생각해 본 적이 없어서……."

"진짜요? 하긴 제나라면 기억을 공유하고 싶은 인간을 먼저 선택할 수도 있을 겁니다. 사령관을 원하는 사람이 좀 많아야죠."

제나는 서브 R의 너스레를 웃어넘겼지만 웃어넘길 만한 일이 아니었다. 제나는 자기 안에 있는 것들이 기억인지 추억인지 규정할 수 없었다. 분명한 것은 제나가 머물렀던 2025년의 서울은, 그곳 사람들은 저마다의 고통과 괴로움을 끌어안고 있었다는 사실이다. 행복시니어타운에 스스로 입주하고서도 귀일이 떠나간 가족을 찾아 비만 오면 탈출을 감행했던 것처럼, 아들 한석을 볼 때마다 기정이 민수를 떠올리며 눈치를 봐야 했던 것처럼, 우원이 자신의 잘못을 책임지기 위해 경찰서로 향했던 것처럼, 민수의 유서가 사망 팔 년이나 지나고서야 세상에 나온 것처럼, 더 나은 세상을 만들기 위해 도전과 모험을 멈추지 않았던 지영처럼…….

어느 한 사람을 선택하라고 한다면, 제나는 할 수 없다. 하지만 선택의 순간이 눈앞에 있다면 대답은 하나다. 로봇의 제1 지침에 따르겠다는……. 선택은 어디까지나 인간의 몫이라는 것을 제나는 명심했다.

제나 자신은 멸종의 위기를 향해 가는 인간을 돌봐야 하는 고덕시의 아사베이키쉬일지 몰랐다. 언젠가 시명이 들려주던 인디언 부족의 거미 여인처럼…….

시명은 잘 지내고 있을까.

제나는 슬쩍 가 보고 싶기도 했지만 고덕으로 돌아온 후로 타임루프가 더는 작동되지 않았다.

마주 보고 있으면서도 서로를 들여다보지 못하는 '우리'
라는 울타리 안에서 우리는 서로 다른 것을 보고 서로 다
른 생각을 한다. 엇갈린 시선에 대화는 어렵고 소통은 먼
나라의 일이 되어 가고 있다.

점점 더 다른 사람이 되어 보는 일에 둔감해지고 있는
것인지도 모르겠다.

언제부터였을까.

내가 '나'의 생각과 엇갈리고 '우리'가 타인의 길로 들어
서 서로 다른 세상을 향해 가기 시작했던 것이⋯⋯. 우리를
꿈꾸면서도 그곳엔 '우리'가 아닌 '나'만이 존재하고 있었

던 것은 아니었을까. 마음의 문을 닫고 멀어질 준비부터 하고 있었던 것은 아니었을까. 지나가는 택시를 서둘러 잡아타고 우리가 있던 그곳을 미리 겁먹고 떠나온 것은 아니었을까.

기사가 묻는다.

"어디로 모실까요?"

멍한 뇌에 대답이 선뜻 나오지 않았다. 겨우 나온 말은 어디든지, 라는 무책임한 말이었다. 갈 수만 있다면 후회가 만들어지기 전의 과거여도 좋고 망해 버린 미래여도 상관없을 것 같았다.

인생에 우선순위가 없던 그때로, 그날만 있는 행복하던 순간으로, 소소한 실수와 잘못들이 압정처럼 발바닥에 박히던 그때로, 너와 나의 영광이 숨어 있을지도 모를 그때로…… 그 어디로도 도망칠 수 없다는 사실은 실로 유감스러운 일이다.

그럼에도 기사는 어긋나 버린 아니, 길을 잃어버린 손님에게 친절하게도 말했다.

"안전하게 모시겠습니다. 손님이 원하는 그곳까지!"

그럴 수 있을까, 과연? 그럴 수 있다면 좋겠지. 작가인 나의 소소한 경험과 엉뚱한 사유가 만나 인공지능 나노봇 제나를 잉태한 순간이었다. 나답게 산다는 것, 인간답게 산다는 것, 후회를 남기지 않는 인생을 만든다는 것, 부끄럽지 않은 삶을 산다는 것들에 대한 고민, 그리고 인공지능과 함께하는 인간의 미래를 궁금해하면서.

제나는 그렇게 작가인 나의 현실에 모습을 드러냈다. 제나의 타임루프에 호감과 애정을 보여 준, 그리하여 나의 아니, 우리의 제나가 독자에게 갈 수 있도록 다리를 놓아 준 북다 관계자 여러분께 고마움을 전한다.

그리고 인공지능 나노봇 제나와 만난 독자 여러분께 반가움의 인사와 함께 질문 하나를 건네 본다. 오리무중인 인생의 어느 길목에서 제나를 만나게 된다면, 당신의 간절함은 어떤 화학작용의 타임루프를 만들어 내게 될까요? 라고.

삶이라는 숲에서 당신과 내가 만나게 된다면 그때에 들려줄 수 있을까? 진정으로 듣고 싶다, 당신의 이야기를……

2025년 모퉁이에서 양수련 쓰다

제나의 오토바이오그래피

초판 1쇄 발행 2025년 12월 24일

지은이 양수련
펴낸이 허정도

편집장 박윤희
책임편집 이경주
디자인 용석재
마케팅 신대섭 김수연 배태욱 김하은 이영조　**제작** 조화연
2차 저작권 문의 안희주 문주영

펴낸곳 주식회사 교보문고
등록 제406-2008-000090호(2008년 12월 5일)
주소 경기도 파주시 문발로 249 (10881)
전화 대표전화 1544-1900　**주문** 02)3156-3665　**팩스** 0502)987-5725

ISBN 979-11-7061-352-7 03810